U0658613

CANTAR DE CIEGOS

CARLOS FUENTES

盲人之歌

[墨西哥] 卡洛斯·富恩特斯 ———— 著

袁婧 ———— 译

上海译文出版社

我们都是苦难的穷人，

身体伤残，双目失了明，

想去挣钱，却又不可能。

——引自《真爱之书》[1]

1　《真爱之书》(*Libro de buen amor*)，西班牙诗人伊塔大司铎胡安·鲁伊斯（Juan Ruiz, Arcipreste de Hita，约 1283—约 1350）于十四世纪编撰的诗歌汇编集，全书素材庞杂，由七千多行诗、1728 个诗段组成。引言出自该书最后一部分《第二首盲人之歌》。参考屠孟超译本。

目 录

两个埃莱娜[1]

致何塞·路易斯·奎瓦斯[2]

　　"我不知道埃莱娜的那些想法是从哪儿来的。她受的教育不是这样的。您也不是，维克托。但事实是，结婚之后她判若两人。对，这显而易见。我都怕我丈夫会昏过去。那些想法让人无法苟同，更何况在饭桌上。作为女儿她很清楚她的父亲需要安静地用餐，否则血压会马上飙高，这点医生嘱咐过了。毕竟医生懂这行，看一次诊就收二百比索[3]呢。我恳求您和埃莱娜谈谈，她不听我的。请您告诉她我们能容忍其他的一切，我们不在乎她为了学法语不顾家庭，不在乎她去那些满是长发男女的龌龊地方看些古怪透顶的电影，也无所谓她的那堆小丑似的红色长袜。但是在晚饭时对她的父亲说，一个女人可以和两个男人一起生活，这样才算完整……维克托，为了您自己，您得把那些想法从您妻子的脑袋里取出来。"

自从埃莱娜在一家电影俱乐部里看了《祖与占》[4]，就魂不守舍地想在周日与父母共进晚餐时挑起争端——那是一家人唯一的例行聚会。我们出了电影院，开着名爵老爷车[5]去科约阿坎区[6]的瘦狼餐厅吃晚饭。埃莱娜和往常一样美，穿着黑色毛衣、皮裙和她母亲讨厌的长筒袜。她还戴了一条金项链，吊坠是一块翡翠雕件，据一位人类学家朋友说，那上面刻的是米斯特克人的死亡大君[7]。埃莱娜天性快活、无忧无虑，那天晚上却紧张兮兮的，把情绪全显露在脸上，只是草草地和常在那家哥特风餐厅聚会的朋友们打了招呼。我问她要点什么，她没回答，反倒抓住我的拳头，目不转睛地看着我。我点了两个蒜味夹肉面包。埃莱娜甩了甩浅粉色的头发，摸

<hr />

1 墨西哥女作家、记者埃莱娜·波尼亚托夫斯卡（Elena Poniatowska）在作品《七只小羊》（Las siete cabritas）中指出，《两个埃莱娜》的人物原型为墨西哥作家、诗人奥克塔维奥·帕斯（Octavio Paz）的前妻埃莱娜·加罗（Elena Garro）。加罗与帕斯育有一女埃莱娜·帕斯·加罗（Helena Paz Garro）。——本书脚注均为译者所加
2 何塞·路易斯·奎瓦斯（José Luis Cuevas, 1934—2017），墨西哥画家、雕塑家、作家，"断裂的一代"成员，被称作墨西哥画坛"离经叛道的天才"。奎瓦斯是富恩特斯的好友，富恩特斯在《何塞·路易斯·奎瓦斯的世界》中评价奎瓦斯为"墨西哥第一批真正现代的艺术家之一……他以艺术对抗我们的文化中一切丧失理智的行为"。
3 指1993年前流通于墨西哥的货币老比索（peso, MXP）。
4 《祖与占》（Jules et Jim），也译作《朱尔与吉姆》，1962年法国电影，由弗朗索瓦·特吕弗导演，让娜·莫罗主演，讲述一个女人与两个男人的故事。
5 英国汽车品牌。
6 位于墨西哥城中部。
7 米斯特克人是墨西哥土著民族之一。死亡大君（Uno Muerte）是米斯特克人信仰的神明之一，十分神秘，一说他司掌太阳，一说他在阴间负责缔造血脉。

着自己的脖子说：

"维克托，尼伯龙人[1]，我第一次意识到你们讨厌女人是理所当然的，我们生来就该被嫌弃。我不想再自欺欺人了。我发现厌女是爱情的前提。我知道这样不对，我越是索取，你就越恨我，同时更费力满足我。维克托，尼伯龙人，你得给我买一件让娜·莫罗穿的那种老式水手服。"

我告诉她我觉得这没什么不好，只要她依旧从我这里期待一切。埃莱娜抚摸我的手，微微一笑。

"我知道你还没能解脱，亲爱的。但你要有信心。一旦你满足了我索取的一切，你自己也会恳求另一个男人来分享我们的生活。你自己会希望成为祖[2]，会请求占和我们一起生活，分担重负。金发的祖不是说了吗，让我们几个彼此相爱，何乐而不为呢？"

我想埃莱娜的话在将来或许不无道理。结婚四年后，她发现从小习得的一切道德准则都在生活中自然地趋于消解。我始终深爱她这一点：顺其自然。她从不为了一条规则去否定另一条，而是像推开一扇扇门一样，走向所有规则。这些门如同童话故事书中的机关，任意

---

1 埃莱娜对维克托的昵称，可能来自德国中世纪英雄史诗《尼伯龙根之歌》（*Das Nibelungenlied*），这部史诗中争夺尼伯龙人宝物的斗争贯穿始终，占有这批宝物的人被称为"尼伯龙人"。
2 祖和占是电影《祖与占》的两位男主角，两人同时爱着女主角凯瑟琳。

一页的秘密通道都会将你带入下一页图画中的花园、洞穴或是海洋。

"六年内我不想要孩子。"一天晚上，我们在光线暗淡的客厅听加农炮艾德利[1]的唱片，她倚在我的腿上这样说。我们用五彩斑斓的描金绘画和殖民地时期带有催眠眼睛的面具装饰了这间位于科约阿坎区的房子，埃莱娜在这里对我说："你从不去望弥撒，没人说什么。我以后也不去了，他们想说什么就说什么吧。"我们睡在阁楼上，每逢晴朗的早晨，来自火山的阳光直射进来，她说："我今天要和亚历杭德罗喝咖啡。他是个大画家，我需要他单独给我解释几个问题，你在场的话他会拘束。"我在洛斯莱昂斯沙漠公园[2]的工地上工作，她跟着我走在未竣工的住宅间的大木板上，说道："我要坐火车在国内旅行十天。"午后，我们在蒂罗尔咖啡厅匆忙地喝杯咖啡，她用手指向走过汉堡街的朋友们打招呼，对我说："谢谢你带我来见识妓院，尼伯龙人。我感觉那里仿佛停留在图卢兹-洛特雷克[3]的时代，和莫泊桑的小说里一样天真。你明白吗？现在我清楚了，罪

---

1 加农炮艾德利（Cannonball Adderley, 1928—1975），美国 50 至 60 年代硬波普时代的爵士中音萨克斯演奏家。
2 洛斯莱昂斯沙漠公园（el Desierto de los Leones），墨西哥城面积最大、最重要的国家公园之一。
3 全名亨利·德图卢兹-洛特雷克（Henri de Toulouse-Lautrec, 1864—1901），法国画家。他擅长描绘巴黎底层人物，妓女是他画作的一大主题。

恶和堕落并不在那儿，而是在别的地方。"在一场《泯灭天使》[1]的内部展映后，她说："维克托，一切赋予生机的就是道德，一切减损生机的就是不道德，对吗？"

现在，她嘴里嚼着一块三明治，再次提起这个问题："我说得对吗？如果'三人行'带给我们生机和快活，三个人的关系比之前的两个人让我们感觉更好，那就是道德的，对吗？"

我边吃边表示认同，听着铺满高处烤架的肉发出咝咝的声响。几位朋友等待他们的肉片烤到想要的程度，然后过来和我们坐到一起。埃莱娜恢复常态，又笑了起来。一个糟糕的念头让我逐一扫视朋友们的脸，想象他们中的每一个在我家住下，给埃莱娜带去一份我竭尽全力也无法给她的感情、鼓励、激情或智慧。我观察着这边的面孔竭尽热忱地等待倾听（而我有时疲于听她讲话），那张面孔殷勤地凑过来为她补全推理的漏洞（我宁愿她的言辞缺乏逻辑），还有另一张面孔迫不及待想要提出自以为直击痛处、意味深长的问题（我却从不用言语，而是用动作、神态和心灵感应让埃莱娜活跃起来）。我自我安慰地想，纵使我和她的生活落入山穷水尽之境，他们能给予她的那一丁点儿情感也只是一种餐

---

1 《泯灭天使》(*El ángel exterminador*)，1962 年墨西哥电影，由路易斯·布努埃尔导演。

后甜品、强心剂或附加之物。后面那位梳着林戈·斯塔尔[1]发型的，直击痛处又意味深长地问她，为什么还继续对我忠诚，埃莱娜回答说如今不忠成了守则，这就如同从前人人都在周五领圣餐一样，然后便不再看他。那位探出乌龟似的黑脖子的，添油加醋地阐释埃莱娜的回答，认为我的妻子无疑认为，现今忠诚已经成为反叛姿态。而这边这位穿着一身完美的爱德华时代[2]西装的，只是用明显乜斜的眼神邀请埃莱娜再多谈谈：他会是最完美的倾听者。埃莱娜举起手臂，向服务生点了一杯浓缩咖啡。

我们手牵手走在科约阿坎区的石子路上，在桉树的庇荫下，感受午后暴雨带来的反差——炎热的白天留在衣角的余温尚未退去，潮湿的夜晚已经让我们目光闪亮，面颊红润。我们喜欢低着头，手牵手，静静地走在这些老街上。我们两个日趋相像，而这些古旧的街道最初便是我们的契合点。我记得埃莱娜和我从未谈起过这点，也根本不需要。我们都很喜欢和老物件打交道，仿佛能把它们从某段痛苦的遗忘中解救出来，或是在触碰之间赋予它们新的生命；又或许当我们在家中寻找合适

---

1 林戈·斯塔尔（Ringo Starr，1940—　），英国音乐人、歌手、作曲人及演员，披头士乐队鼓手。
2 指20世纪初英国国王爱德华七世在位时期（1901—1910）。

的位置、光线和环境安置它们，我们实际上是在抵抗自己也终将被遗忘的现实。我们收藏有在洛斯阿尔托斯高地的庄园找到的带狮口浮雕的门环，即便每次抚摸都会造成损耗，我们经过玄关时还是会抚摸它。还有放在花园里的石质十字架，它由黄色的光线照亮，体现出四条交汇的河流，河流的中心都被掏除了，或许是雕刻石头的那双手在完成之后挖下的。我们还藏有某个废弃了很久的旋转木马上的几匹黑马，以及双桅帆船船头的几个大面饰，若不是船只的木质骨架暴露在某片鹦鹉闲庭信步、海龟垂死挣扎的沙滩上，这些面饰将会长眠海底。

埃莱娜脱下毛衣，点燃壁炉。我寻找加农炮的唱片，倒上两杯苦艾酒，在小地毯上侧卧下来等她。埃莱娜头枕着我的腿抽烟，我俩听着拉蒂夫弟兄[1]缓缓的萨克斯演奏。我们在纽约的金虫酒吧认识了他，当时他穿着迪斯累里[2]式长礼服，活像个刚果巫师，双眼如两条非洲蝰蛇般的昏沉厚重，斯文加利[3]式的络腮胡分成几缕，深紫色的嘴唇衔住萨克斯——乐器让这位黑人噤声

---

1 原名尤瑟夫·拉蒂夫（Yusef Lateef, 1920—2013），美国爵士音乐家，精通长笛、双簧管、次中音萨克斯等。拉蒂夫信仰伊斯兰教，富恩特斯尊称他为"弟兄"（Hermano）。
2 全名本杰明·迪斯累里（Benjamin Disraeli, 1804—1881），英国保守党政治家，曾两次任首相。
3 斯文加利（Svengali），英国小说家乔治·杜穆里埃（George du Maurier）的经典小说《特丽尔比》（Trilby, 1894）中的主人公，用催眠术控制特丽尔比。

不语，从而侃侃而谈，与平日里必定沙哑、结巴的他判若两人。缓慢的音符如泣如诉，因为始终只是在古怪又羞赧地追寻和接近，便总是言不尽意。这些音符让我们感到愉悦、为之着迷，呈现出拉蒂夫的器乐的意味：纯粹的预示和前奏，最初的欢乐弥漫在全曲之中，演变为乐曲本身。

"如今，美国的黑人让白人反过来吃了自己的鞭子，"我们在埃莱娜父母家饭厅里巨大的齐彭代尔[1]桌旁惯常的位置就座，她说道，"黑人的爱、音乐和活力迫使白人为自己辩解。你们注意，现在白人在生理上纠缠黑人，那是因为他们终于发现黑人在心理上纠缠他们。"

"我倒是谢天谢地这里没有一个黑人。"埃莱娜的父亲说。白天在这栋位于洛马斯岭[2]的大别墅里浇灌花草的印第安少年用瓷质汤碗盛来热气腾腾的韭葱土豆汤。

"这可不是一回事，爸爸。就好比爱斯基摩人感恩自己不是墨西哥人。一个人是什么就是什么，无需多言。有趣的是去和那些让我们怀疑自己的人打交

---

1 全名托马斯·齐彭代尔（Thomas Chippendale，1718—1779），英国著名家具工匠，他受洛可可风格影响，设计的家具风格奢华，一般具有弯形腿、透空雕刻、回纹装饰等特点。
2 指查普尔特佩克的洛马斯岭，是位于墨西哥城西北部的富人区。

道。我们清楚自己需要他们，恰恰因为他们否定了我们。"

"行了，吃你的吧。周日的谈话变得越来越蠢了。我只知道你并没有和一个黑人结婚，不是吗？伊希尼奥，请把辣酱玉米卷饼[1]拿来。"

堂何塞带着胜利的神气看着埃莱娜、我和他妻子。为了拯救这场愈发无趣的对话，埃莱娜的母亲堂娜埃莱娜讲起她上周的各项活动。我观察着这座矩形房子里灰玫红色锦缎的家具、大瓷瓶、纱质窗帘和小羊驼皮的地毯。窗外，峡谷中的蓝桉来回摇晃。堂何塞笑着看伊希尼奥端给他浇有奶油的辣酱玉米卷饼，绿色的小眼睛里洋溢着如爱国情绪般的满足感。我曾在他眼中见过这种满足，那是在九月十五日总统挥舞国旗[2]的时候，与他坐在私人点唱机前边抽雪茄边欣赏博莱罗舞曲[3]时被打动的神情不同，他这时候的眼睛要更加湿润。我的目光停在堂娜埃莱娜苍白的手上，她一边拨弄着面包屑，一边疲惫地复述着从我们上次见面至今令她操劳的诸类杂事。我仿佛能隐约听见她来来回回如瀑布般匆忙的脚

---

1 辣酱玉米卷饼（enchiladas），墨西哥等地特色美食，以玉米饼包裹肉馅并浇上不同风味的辣椒酱。
2 为纪念墨西哥独立战争，总统会在每年国庆日前夜（9月15日晚）的11点带领国民高喊"墨西哥万岁"，敲响钟声并挥舞国旗，重现发生在1810年9月16日清晨、象征墨西哥独立进程开端的"多洛雷斯呼声"的场景。
3 发源于古巴，在传入墨西哥后演变为一种民族音乐形式，深受大众欢迎。

步：玩凯纳斯特纸牌、探访贫困儿童的诊所、参加祭九、慈善舞会、寻找新窗帘、与女佣争吵、和朋友煲电话粥，还有一系列期盼已久的拜访——与神父、婴儿、时装设计师、医生、钟表匠、糕点师、细木工和装裱师会面。我盯着她苍白、修长、惹人爱抚的手指，看它们把面包屑搓成小球。

"……我和他们说别再来找我要钱了，因为我什么也管不着。我说我很乐意送他们去你爸爸办公室，那儿的秘书会接待他们……"

……手腕纤细，动作迟缓，手镯上有库比莱特山的基督[1]、罗马禧年和肯尼迪访墨的挂坠，浮雕图案或铜或金，伴随堂娜埃莱娜拨弄面包屑的动作相互撞击……

"……我在精神上支持他们已经很不错了，你不觉得吗？周四我去找过你，想一起去看《迪亚娜》的首映。我还派司机一早就去排队，你也知道买首映门票的队有多长……"

……手臂丰腴，皮肤清透，静脉的线条宛如另一副玻璃质的骨架，在白皙光润之下隐约可见。

"……我邀请了你的表妹小桑德拉，坐车去找她，结果一到那儿就开始逗刚出生的小宝宝玩，真是可爱极

---

1 即库比莱特山的基督君王（Cristo Rey del Cubilete），指位于墨西哥瓜纳华托州锡劳市库比莱特山山顶的大型基督雕像。

了。小桑德拉很难过，因为你都没有打电话祝贺她。打个电话不会费你多少劲，小埃莱娜……"

……还有胸前敞开的黑色大领口，高耸紧致的乳房像是新大陆上捕获的新物种……

"……不管怎么说，我们都是一家人。你不能无视你的血缘。我希望你和维克托能去参加孩子的洗礼，在下周六。我帮她选好了要送给来宾的小烟灰缸。你瞧，我们就这么聊着天错过了时间，票都白费了。"

我抬眼。堂娜埃莱娜在看我。她随即垂下眼眸，叫我们到客厅去喝咖啡。堂何塞告辞离席，去了书房，那儿有他的电动唱机，只要投入一个二十分大小的硬币，就会播放他最爱的唱片。我们坐下喝咖啡，听到点唱机远远地发出一阵咕噜咕噜声，然后开始播放《我们》。堂娜埃莱娜打开电视，调至静音，并把手指竖在嘴唇上示意我们安静。我们看着一档寻宝节目的无声画面：一位神情庄重的主持人指挥五位参赛者——两个神色紧张却笑眯眯的、梳着蜂窝头的小姑娘，一位谦恭有礼的家庭主妇，两个皮肤黝黑、成熟又忧郁的男人——冲进塞满大花瓶、漫画书和八音盒的拥挤书房，寻找藏匿的支票。

埃莱娜笑了，靠着我坐在这间铺着大理石地板、装饰有塑料马蹄莲[1]的昏暗客厅。我不知道这个绰号从何而来，又与我有什么关系。她一边抚摸我的手，一边拿它做起文字游戏来：

"尼伯龙根。尼、伯、龙根。尼堡、昂根。捏布拉、龙旮。[2]"

被切割成横条、摇摇晃晃的灰色人形在我们眼前寻找宝藏。埃莱娜蜷缩着打了个哈欠，任鞋子掉在地毯上。堂娜埃莱娜趁着黑暗用询问的眼神看我，深深的黑眼圈环绕着她瞪大的黑色眼睛。然后她跷起一条腿，整了整膝上的裙子。书房里传来博莱罗的低语： 我们，曾那般相爱，似乎还伴随着堂何塞饭后昏睡的鼾声。堂娜埃莱娜移开视线，黑色的大眼睛盯着大窗外摇曳的蓝桉。我追随她的目光。埃莱娜靠在我的膝头，打着哈欠，发出猫一样的呼噜声。我抚摸她的脖子。在我们身后，峡谷像一道野性的伤口横贯查普尔特佩克的洛马斯岭，谷底若有若无的光线被夜色隐秘地呈现。流动的黑夜折断了树的椎骨，弄乱了它们灰白的头发。

1　马蹄莲是迭戈·里维拉（Diego Rivera，1886—1957）等墨西哥画家作品中常见的元素，通常为印第安女人怀抱或背负大捆的马蹄莲。
2　埃莱娜重新分割"尼伯龙根"（"尼伯龙人"的音译）的音节并联想发音相似的词组。四组词语分别意为"尼伯龙人"、"不久之前"、"细咬蘑菇"、"绵长薄雾"，之间无语义联系。

"你还记得韦拉克鲁斯[1]吗？"母亲微笑着问女儿，眼睛却看向我。埃莱娜倚在我的腿上昏昏欲睡，嘟囔了一声表示肯定，我回答说："嗯，我们一起去过很多次。"

"您喜欢那里吗？"堂娜埃莱娜伸长手臂，又把手放在膝盖上。

"很喜欢，"我说，"人们都说大海从那里开始。我喜欢那儿的食物、那儿的人，喜欢一连几个小时坐在门廊下，吃烤面包片，配咖啡。"

"我就是那儿的人。"夫人说。我第一次注意到她的酒窝。

"对，我知道。"

"但我都忘光了那儿的口音。"她笑得露出牙床，"我二十二岁结婚，搬来墨西哥城后就丢了乡音。您见到我的时候，我已经不怎么年轻了。"

"大家都说您和埃莱娜像是姐妹。"

她的嘴唇薄，但很强势："不。话说起来，我方才记起墨西哥湾的那些风雨交加的夜晚，太阳仿佛不甘示弱，您能想象吗？它和风暴混在一起，把一切笼罩在碧

1　墨西哥东部重要港口城市，东临墨西哥湾，最早由西班牙殖民者埃尔南·科尔特斯建立。

绿、苍白的光里。我在窗框后感到窒息，盼着暴雨过去。热带的雨并不会让天气凉爽，而是更加炎热。我不知道为什么每次暴雨来临时，用人们都非得把门窗关牢。要是把窗户完全敞开，让风雨进来，该有多美啊。"

我点燃一支烟："没错，暴风雨会激起很浓郁的气味。土地散发出烟草、咖啡、果肉的香气……"

"卧室也是。"堂娜埃莱娜闭上了眼睛。

"什么？"

"那时候还没有壁橱，"她的手抚过眼周的细纹，"每个房间里有个存衣柜，女佣习惯在衣服之间放上月桂叶和牛至叶，再加上阳光从来没法让那些角角落落都干透，总会有一股发霉的味道，怎么对您说呢？像是苔藓……"

"是的，我能想象得出。我从未在热带生活过。您很想念那儿吧？"

这时她两个手腕互相摩擦，显露出手上突出的血管："偶尔吧。要记起来很费劲。您想，我十八岁结婚，但那时候已经被说成是老姑娘了。"

"这些都是峡谷底部那束奇异的光让您想起来的吗？"

夫人站起身来。"是的。那是何塞上周让人布置的聚光灯。看上去很漂亮吧？"

"我看埃莱娜都睡着了。"

我挠了挠埃莱娜的鼻子，她醒过来，我们开车回到科约阿坎区。

"请你原谅每周日的那些糟心事，"第二天早上我出发去工作时，埃莱娜说，"有什么办法呢！我们还是得和家庭以及资产阶级生活保持点联系，权当为了对照。"

"今天你打算做什么？"我一边问她，一边卷着设计图，拿起公文包。

埃莱娜咬了一口无花果，叉起双臂，朝我们在瓜纳华托[1]找到的斜眼基督吐了吐舌头。"我整个上午都要画画。之后和亚历杭德罗吃午饭，给他展示我最近的作品。在他的画室。对，画室已经完工了。就在奥利瓦尔·德洛斯帕德雷斯区[2]。下午我去上法语课。也许会喝杯咖啡，然后在电影俱乐部等你。今天放映西部传奇片《正午》[3]。明天我和那些黑人男孩约好要见面。他们是黑人穆斯林，我迫不及待想知道他们的真实想法。你发现了吗，尼伯龙人？我们只是通过报纸了解他们。

1　墨西哥中北部城市。
2　位于墨西哥城南部。
3　《正午》(*High Noon*)，1952年美国黑白西部片，由加里·库珀、格蕾丝·凯莉主演，被认为是美国影史上最重要的电影之一。

你和美国黑人说过话吗？明天下午你可千万别打扰我，我要闭关，从头到尾读读奈瓦尔[1]。胡安休想再靠'忧郁的黑色太阳'，还有把自己称作'鳏夫'和'不得慰藉的人'[2]来震慑我。我已经发现了，明天晚上就要击败他。对，他要'践'一场化装舞会，我们得打扮成墨西哥壁画的样子。最好一次性和你交代清楚，维克托，尼伯龙人，给我买些马蹄莲回来，你愿意的话可以装扮成残忍的征服者阿尔瓦拉多[3]，用烙铁标记印第安女人然后占有她们：哦，萨德[4]，你的鞭子在哪儿？对了，星期三迈尔士·戴维斯[5]在艺术宫[6]有演出。虽说有点过时，但我还是克制不住心潮澎湃。你去买票吧。拜拜，亲爱的。"

　　她吻我的脖子，但我手上拿了太多工程图卷，没法

1　全名热拉尔·德奈瓦尔（Gérard de Nerval, 1808—1855），法国诗人、散文家和翻译家，浪漫主义文学代表人物之一。
2　引用的词句来自奈瓦尔最广为人知的诗作《不幸者》（*El desdichado*）的第一节，收录在《幻象集》。参考余中先译本：
　　我是个阴郁者，——鳏夫——不得慰藉的人，
　　毁弃塔堡中的阿基坦亲王；
　　我唯一的星死去了，——我布满繁星的诗琴
　　带来忧郁的黑色太阳。
3　全名佩德罗·德阿尔瓦拉多（Pedro de Alvarado, 1485—1541），西班牙殖民者，参与了古巴、墨西哥、危地马拉、秘鲁等地的征服行动。
4　即萨德侯爵（Marquis de Sade, 1740—1814），法国色情作家，以描写性虐态题材见长。本句原文为英文。
5　迈尔士·戴维斯（Miles Davis, 1926—1991），美国爵士小号手、作曲家、指挥家，20世纪最有影响力的音乐人之一。
6　艺术宫（Palacio de Bellas Artes），墨西哥最重要的文化中心，位于墨西哥城历史中心区。

拥抱她。我发动汽车，脖子上留有无花果的香气，脑海中萦绕着埃莱娜的模样：她穿着我的衬衫，解开扣子，只在肚脐上打了个结，紧身的七分裤，赤脚，她正准备……去读诗还是画画？我想到，我们不久后就要一起去旅行，没有什么事比旅行更让我们亲近。我开车到了城郊。不知道为什么，我没有通过阿尔塔比斯塔桥驶向洛斯莱昂斯沙漠公园，而是进入环线，加快车速。是的，我有时会这么做。当有人又让我想起她，我便想自在地奔跑、放声大笑。埃莱娜与我告别时的样子或许会在我脑海中停留半个小时之久：她的自然，她的金色皮肤，她的绿眼睛，她无尽的想法。我在她身边感觉很幸福，我的身边有一个如此活泼、现代的女人，这让我无比幸福。她……她让我……变得完整。

　　我路过一家玻璃作坊、一座巴洛克式的教堂、一架过山车、一片落羽杉林。我在哪儿听过这个意味深长的词？完整。我在"石油之源"[1]周围转弯，沿改革大道上行。所有车辆都下行，向着在无形却令人窒息的薄纱下闪光的市中心驶去。我则上行驶向查普尔特佩克的洛马斯岭。在这个时间，丈夫们出门上班，孩子们去了学校，留在家里的只有用人和夫人们。我的另一个埃莱

1　建于 1952 年的墨西哥石油国有化纪念碑，位于改革大道。

娜，我的补足，此刻一定在她温热的床上等候着：她惊慌的黑色眼睛，眼圈发黑，肉体白皙、成熟、深邃，散发出热带雕花立柜中衣服的香气。

娃娃女王

致玛丽亚·皮拉尔和何塞·多诺索[1]

一

我来了，是那张特别的卡片让我想起她的存在。我在一本早已遗忘的书里发现了卡片，洇透纸张的稚嫩笔迹在书页中若隐若现。我已经很长时间没有整理藏书，书架最上层的几本很久都没动过，与它们的重逢给我带来接连不断的惊喜。因为时间太久，书页边缘已经变得毛毛糙糙，金粉和灰屑的混合物落在我的手上，唤起我对某些身体上的脂粉的记忆——那些身体起初是在梦里隐约窥见，而后又在我们被领去看第一场芭蕾演出时成为令人失望的现实。那是一本属于我的童年的书，或许也曾出现在很多孩子的童年里。书中讲述一系列多少有些可怕的训诫故事，让我们扑到长辈的膝头，一次又一次地问：为什么？孩子对父母忘恩负义，姑娘被马夫拐骗后羞耻地回家或是欣然离家，老头以免去抵押为交换、娶来饱受恐吓的家庭中最甜美也最悲伤的女孩，这都是为什么？我已经忘了这些问题的答案。只看到从斑斑点点的书页中飘下一张白色卡片，上面是阿米拉米亚张牙舞爪的字迹：阿米拉米亚没忘几她的小伙伴，来我花的地方找我。[2]

卡片背面画着一条从 X 出发的小路，X 无疑指向公园里的那把长椅——我少年时抗拒烦人的义务教育，常常抛下课业，一连几个小时坐在那里看书。我那时候看的书虽然不是自己写的，却也近乎我的手笔：没人会怀疑，书中那些海盗、沙皇的信件，那群比我稍稍年幼、整日划着木排游历美洲大河的小孩，完全可能出自我的想象。我倚在长椅的扶手边阅读，宛若端坐于神奇的鞍架，起初全然没发觉那阵跑过公园碎石、停驻于我背后的轻盈脚步。是阿米拉米亚。倘若她没有在某个午后淘气地噘起嘴唇、皱着眉头把蒲公英的毛毛吹向我，搔我的耳朵，我都不知道她已经安静地陪伴了我多长时间。

她询问我的名字，表情严肃地思考了片刻，然后带

---

1 何塞·多诺索（José Donoso, 1924—1996），智利作家、拉丁美洲新小说的代表作家之一，著有小说《污秽的夜鸟》（*El obsceno pájaro de la noche*, 1970）、随笔集《文学"爆炸"亲历记》（*Historia personal del "boom"*, 1972）等。玛丽亚·皮拉尔（María Pilar, 1925—1997），作家，多诺索的妻子。二人与富恩特斯友谊深厚。
2 原文中"忘记"（olbida）、"画"（divujo）两词有拼写错误。

着不算天真也并非老练的微笑告诉我她的名字。我很快意识到，可以这样说，阿米拉米亚选择的表达方式介于孩童的天真无邪和成人化的言行举止之间，教养良好的孩子一般都熟稔后者，特别是在诸如自我介绍和与人告别的严肃时刻。阿米拉米亚的庄重近乎一种天生的本领，相较之下，她任性自然的时刻倒像是后天习得。我想用一个又一个午后的一连串定格画面回忆她，拼出完整的阿米拉米亚。我惊讶于自己竟想不起她真正的模样，也想不出她确实的动作，或许她步履轻盈，面带疑问，不住地左顾右看。我记忆中的她大概始终是静止的，如同定格在相册中。山坡从一片三叶草田倾下，落至我看书的长椅所在的平坦草地，阿米拉米亚是远远的坡顶上的一个点：一点流动的光影和一只从高处对我打招呼的手。阿米拉米亚停在半坡，白色的裙摆蓬松着，碎花短裤的底边紧紧地环着大腿，她张着嘴奔跑，被风吹得眯起眼睛，开心地流泪。阿米拉米亚坐在蓝桉树下装哭引我靠近。阿米拉米亚低着头，捧着花：某种柔荑花序的花瓣。后来我才发现这片花园里并不长这种花，它或许来自阿米拉米亚家的花园，因为她的蓝格子围裙的口袋里常常盛满那种白花。阿米拉米亚看我读书，两只手撑在绿色长椅的横栏上，一双灰眼睛仔细地观察：印象中她从没问过我在读什么，仿佛能从我的眼睛里猜出书页上描绘的画面。我把阿米拉米亚拦腰托起，她在我的头顶旋转，放声大笑，好像在那种缓慢的飞行中发现了另一种看世界的角度。阿米拉米亚背对我，高举手臂，挥舞着手指向我告别。还有阿米拉米亚在我的长椅周围摆出的千姿百态：她倒挂着，双腿踢向空中，短裤鼓鼓的；她盘腿坐在碎石上，下巴贴着脖根；她躺在草地上，肚皮朝天；她编树枝，她用小棍在泥里画动物，她舔长椅的横栏，她躲在椅子下，她一声不吭地折断陈年树桩上松动的树皮，她定定地看着山坡之外的地平线，她闭着眼哼唱，她模仿鸟、狗、猫、母鸡、马的叫声。这是她之于我的一切，却也什么都不是。我记起的所有这些都是她陪伴我的方式，也是她独自在公园时的表现。没错，我对她的记忆之所以零零碎碎，或许是因为我对这个圆脸小女孩的观察穿插在阅读之中。我时而看书，时而看她平直的头发在阳光的反射下变幻颜色：有时是麦秸色，有时是深栗色。广阔的世界便是从那时起通过阅读成为我的乐土，而我至今才发觉，当时的阿米拉米亚建立起我人生的另一个支点，成为我蹒跚的童年与这片花花世界之间的张力。

那时候的我并不这么想。那时令我想入非非的是书中的女人，是那些女王装扮、秘密购买项链的尤物（这个词曾经让我神魂颠倒），是在床上等候君主的虚构的神话形象——身体的一半是人类，另一半是胸脯雪白、腹面湿润的火蜥蜴[1]。于是不知不觉地，对于这位小小伙伴，我从起初的冷漠到开始接受她的可爱和庄重，再到不加思考地拒绝她无用的存在，直到终于对她忍无可忍。对于当时已经十四岁的我，那个七岁的女孩不过是现实中的匆匆过客，尚未激起萦绕回忆的怀念。我竟然会软弱到任由自己被她吸引、裹挟：和她手挽手，一起在草地上奔跑；一起摇晃松树、捡拾松果，好让阿米拉米亚把它们悉心保存在围裙口袋里；一起造纸船，兴奋地沿着水渠追逐。而在那个午后，当我们高兴地尖叫，一起从山坡上滚下来，一起落在山脚，阿米拉米亚趴在我的胸脯上，我的唇间夹着她的头发，感受她在我耳边的呼吸，她沾了蜜糖的黏答答的手臂环着我的脖子，我生气地拽开她的手，让她掉了下去。阿米拉米亚摸着受伤的膝盖和手肘大哭，我则坐回到长椅上。后来阿米拉米亚就离开了，第二天她回来，默默地把纸片递给我，接着哼起小曲消失在树林里。我犹豫是要撕碎卡片，还是把它夹在书里。《庄园的午后》[2]。和阿米拉米亚待在

1 又称火蝾螈、沙罗曼达，在中世纪欧洲的炼金术和地方传说中是代表火元素的精灵，源自古代及中世纪欧洲加诸蝾螈的幻想。
2 可能指法国作家迪克雷-迪米尼（François-Guillaume Ducray-Duminil）的作品，书中有位老人给孩子们讲述一系列故事。富恩特斯曾在访谈中提及，他的祖母在他童年时给了他这本书，对他影响很大。

一起，连我看的书都变幼稚了。她再没回来过，而我没过几天就去度假了，那之后便回归了高一的课业。我再没见过她。

二

而现在，我回到了那个被遗忘的公园，驻足在那条种有松树与蓝桉的林阴道前，不愿面对眼前这幅浑然陌生但又真实到令人痛苦的画面：我发现这个林子不过是弹丸之地，而那片宽阔到能容纳一波又一波幻想的空间，不过是被我的记忆执意铺展扩大了。斯托戈夫[1]、哈克贝里[2]、米莱迪·德温特[3]和赫诺韦娃·德布拉班特[4]曾在这里出生、交谈、死去，就在这片小得可怜的园子。园子四周围着生锈的铁栅栏，里面稀稀拉拉地种着一些无人看管的老树，唯一的点缀是一把仿木质的水泥长椅。这把椅子迫使我承认，那条漂亮的、涂着绿漆

---

[1] 全名米歇尔·斯托戈夫（Michel Strogoff），儒勒·凡尔纳的小说《沙皇的信使》（*Michel Strogoff*，1877）中主要人物。
[2] 全名哈克贝里·费恩（Huckleberry Finn），马克·吐温的小说《哈克贝里·费恩历险记》（*The Adventures of Huckleberry Finn*，1876）中主要人物，也出现在《汤姆·索耶历险记》（*The Adventures of Tom Sawyer*，1876）、《汤姆·索耶探案》（*Tom Sawyer, Detective*，1896）等作品中。
[3] 米莱迪·德温特（Milady de Winter），大仲马的小说《三个火枪手》（*Les Trois Mousquetaires*，1844）中人物。
[4] 赫诺韦娃·德布拉班特（Genoveva de Brabante），中世纪传说中女性形象，此处可能指弗里德里希的戏剧《赫诺韦娃》（*Genoveva*，1843）中的同名人物。

的铁质长椅或许从未存在过，只是我回顾过去时胡思乱想地创造出来的。还有那座山……我怎么能把它想成阿米拉米亚每天散步时爬上爬下的高岗，还有我们一同滚下的陡直山坡？那不过是片棕褐色的小草坡，远不及我的记忆企图赋予它的高度。

来我花的地方找我。按指示，我应该走过园子，离开树林，两三步迈下小坡，横穿小小的榛子园——是在这儿，她准是在这儿捡了那些白花。我推开公园嘎吱作响的铁栏，猛地发觉自己正站在街边，我意识到年少时的每个下午都如奇迹般全然阻断了周围城市的搏动，隔绝了混杂着鸣笛声、钟声、人声、哭声、马达声、广播声、咒骂声的浪潮：真正吸引人的，是清静的花园还是热烈的城市？等信号灯变了色，我一边注视着拦截交通的红色眼球，一边走向对面的人行道。我看了看阿米拉米亚的小纸片。说到底，那幅简图才是这一刻的真正引力，只是想想它就让我惊叹。在十四岁的那些悄然而逝的下午之后，我的生活不得不步入正轨。如今二十九岁的我拥有达标的学历，主管一间办公室，收入不高但很稳定，依旧单身，没有家庭需要赡养，已经有些厌倦了和秘书们的风流韵事，偶尔去郊外或海滩出游只能让我勉强地兴奋一阵儿。我缺少年少时我的书、公园和阿米拉米亚曾带来的那种强大引力。我走过城郊的这片低矮的灰色街道。一幢接一幢的平房单调地延续着，长长的窗户外装有护栏，大门上的油漆已经脱落。一些做工的声响只是略微扰乱了整体的单调：这边是磨刀人的霍霍声，那边是鞋匠的咚咚声。街区的孩子们在围有栏杆的街侧玩耍。一架手摇风琴的乐声混着围观人群的喧嚷传来。我停下片刻看着他们，一瞬间感觉阿米拉米亚也许会在那群孩子之间，用腿倒挂在阳台上（她热衷于这类杂耍），不知羞地露出碎花短裤，围裙的口袋里盛满白花。我笑了，第一次想要想象她如今二十二岁的样子。若是她还住在标记的地址，定会笑我还记得这些，又或许她早已忘记在花园度过的一个个午后。

那座房子与周围其他的一模一样。大门和两面装有护栏的窗户都闩着。房子只有一层，顶上围着仿新古典风格的横杆，大概是用于遮挡屋顶上的陈设：晾晒的衣服、几个水缸、用人的房间，还有畜栏。在按响门铃之前，我想要先摒除一切幻想。阿米拉米亚已经不住在这里了。她为什么要在同一栋房子里待上十五年呢？另外，尽管她有着与年龄不符的独立和孤寂，她看上去还是个教养良好、打扮合宜的姑娘，与这片沦落的街区不相匹配。阿米拉米亚无疑已随父母搬走。不过新的住户也许知道他们搬去了哪里。

我按下门铃，等待。又按了一次。另一种可能是没人在家。那样我会再次迫切地来找我的小伙伴吗？不会，因为我不可能再次翻开一本年少时的书，并偶然发现阿米拉米亚的卡片。我大概会回归日常，忘却那一个让我陡然惊喜的瞬间。

我又一次按下门铃。我把耳朵贴近大门，吃了一惊：里面传来粗重、时断时续的呼吸声，伴有一种令人不悦的陈旧烟草的气味，费力的喘气声从厚木板门的裂口渗透出来。

"下午好。请问……？"

一听到我的声音，那人便迈着沉重、犹疑的脚步退了回去。我又一次按响门铃，这次是喊着说：

"喂！请开门！您怎么了？听不到我的声音吗？"

没有答复。我继续按门铃，还是没有回应。我离开大门，眼睛还盯着门上的细小缝隙，仿佛离远一点便能让我的视线，甚至是我本人穿越大门。我全神贯注地看着那扇该死的门，同时后退着穿过大街。一声尖厉的喊叫及时拯救了我，继而是又长又强烈的喇叭声。我不知所措，四下寻找刚刚用声音救了我的人，却只看到沿街开远的汽车。冰冷的血液一下子涌上了滚烫、汗湿的皮肤，我抱住路灯柱子才勉强撑住，得到一丝安全感。我再次看向这座曾经应该是阿米拉米亚家的房子。之前的猜测没错，房顶栏杆后晾晒的衣服正随风飘荡。我认不出其他都是什么，兴许是睡裙、睡衣裤、女式衬衫，我不知道。但我看见，在屋顶的白墙边，一根在铁杆和钉子间摇摇晃晃的绳子上，用夹子夹住，直挺挺的，是那件小小的蓝格围裙。

三

资产登记处的人告诉我，那块土地在一位 R. 巴尔迪维亚先生名下，他把房屋出租了。租给了谁？这个就不知道了。巴尔迪维亚又是谁？登记的是位商人。他住在哪里？您是哪位？办事的小姐好奇又高傲地问我。我没能镇静、稳妥地介绍自己。睡了一觉后，我紧绷的疲惫感并没有减轻。巴尔迪维亚。我走出登记处的时候太阳很刺眼。阳光穿过低沉的云层后变得更加强烈，这灰蒙蒙的天气让人厌烦，使我想要回到那片阴凉潮湿的公园。不，我其实只想知道阿米拉米亚是否还住在那里，又为什么不让我进去。不过，我应该尽早摆脱那个让我夜不能寐的可笑想法：我看到屋顶晒着的围裙和她之前的那件用来盛花瓣的是同一件，便笃信房子里住着一个我在十四五年前认识的七岁女孩……也许她有了女儿。没错。二十二岁的阿米拉米亚已经成为一个女孩的妈妈，而那个孩子或许和她打扮得一样，长得像她，重复她的游戏，谁知道呢，兴许也去同一个公园。想着想着，我又一次来到那幢房子的门口。我按下门铃，等待门那头传来剧烈的喘息声。我猜错了。开门的是一位约莫不到五十岁的女人，但她裹着一条大披巾，一身黑衣，低鞋跟，素颜，花白的头发披在后颈上，看上去毫无激情，早已没了青春的影子。她用冷漠到近乎残忍的眼睛打量我。

"有事吗？"

"巴尔迪维亚先生派我来。"我咳了一声，一只手捋了捋头发。我意识到应该把办公室的文件夹带来，没有它我扮演不好我的角色。

"巴尔迪维亚？"女人平静地质问我，一副漠不关心的样子。

"是的。这栋房子的房主。"

有件事很清楚：这个女人的表情不会透露任何信息。她无动于衷地看着我。

"啊对。这栋房子的房主。"

"我能否……？"

在那些糟糕的喜剧里，上门的推销员一般会伸出一只脚以防被关在门外。我也这样做了，女人反而退了退，用手势请我进去。那里以前可能是个车库，边上有一扇装有玻璃的木门，门框已经褪色。我踏着门廊的黄色瓷砖走过去，女人迈着小步子跟上我，我转身面向她问道："从这儿进吗？"

女人点头。我第一次看到她白皙的双手正在不停地摆弄一串念珠。长大之后我再也没见过这种老式的玫瑰念珠了，我想挑起话题，但女人粗暴、利落的开门动作扼杀了这一无端的对话。我们走进一个狭长的房间。女人匆忙地走去打开窗户，但房间还是很阴沉，镶有玻璃的大瓷瓶里有几株常青植物，投下巨大的阴影。厅里只有一张藤制、高背的旧沙发和一架摇椅。然而引起我注意的并非稀少的家具或是植物。女人请我坐在沙发上，然后自己坐上了摇椅。

在我手边的藤条上放着一本敞开的杂志。

"巴尔迪维亚先生很抱歉没能亲自前来。"

女人面无表情地摇着椅子。我侧眼瞥着那本漫画杂志。

"他向您问好……"

我顿了顿，等待她的反应。她继续摇着。杂志上有红色蜡笔随意涂画的痕迹。

"……他让我转告您，想要打搅您几天……"

我用眼睛飞快搜寻。

"……因为房产登记的缘故，他需要对这个房子重新做次评估。似乎上次评估已经是……你们在这儿住了……？"

没错，一支圆秃秃的口红被丢在座位下面。女人缓慢抚摸念珠的手上透出笑意：我有一瞬间从那儿感受到一丝飞快掠过的嘲笑，但那并没有扰乱她平静的神情。这次她同样没有回答我。

"……至少有十五年了，没错吧……？"

她不置可否。苍白的薄唇上没有丝毫涂画过的迹象……

"……您，您的丈夫，以及……"

她面不改色，紧盯着我，像在胁迫我继续下去。我们都沉默了一会儿，她摆弄着念珠，我弓着背，把手放在膝上。我站起身来。

"那么我下午带上文件再来拜访……"

女人答应了，同时默默捡起口红，拾起漫画杂志，把它们藏进了披肩的褶皱里。

四

场景没有丝毫改变。到了下午，我在本上记下假想的数字，装作在专心评估毫无光泽的地板的质量和房间面积，而摇椅上的女人用手指肚摩擦着念珠的三段珠串。在假装清点过客厅后，我叹了一口气，请女人带我去家里的其他地方。她整理了一下又窄又瘦的背上的大披巾，用修长的黑色手臂撑着摇椅站起身来。

她打开那扇毛玻璃门，我们走进一间饭厅。那里的家具只是稍稍多些，但桌腿是用管子做的，桌边的椅子是镍和泡沫橡胶的，连客厅家具的一丝光鲜也在这里消失殆尽。另一扇装有护栏的窗户紧闭着，或许它在某些时刻能照亮这间四壁光秃、没有一个柜子或搁板的饭厅。桌面上只放了一个塑料果盘，盛有一串黑色葡萄、两个桃子和一圈嗡嗡作响的苍蝇。女人抱臂，面无表情地站在我身后。我壮着胆子打破平静，因为这几个日常的房间里显然没有任何我想要知道的东西。

"请问我们可以上屋顶看看吗？"我问道，"我想那是测量总面积的最佳地点。"

女人看着我，也许是由于饭厅昏暗光线的衬托，她的眼里闪着细微的光。

"为了什么呢？"她终于开口，"他很清楚房子的面积，那位……巴尔迪维亚先生……"

她话中房主名字前后的停顿第一次暗示，她终于感到了厌烦，不得不以讽刺的语气反击。

"我也不清楚，"我努力挤出笑容，"大概是我更想要从上到下而非……"我伪装的笑容逐渐消失，"……从下而上。"

"请您遵照我的指示。"女人说道，她双臂交叉在胸前，银质十字架落在漆黑的腹部。

我想要做出微笑的样子，但方才意识到，我的表情在昏暗的光线中全然无用，甚至没有象征意味。我咔哒一声翻开笔记本，继续目不转睛地以最快的速度记录这项工作的数字与评估，尽管脸颊的红晕和舌头确实的干涩告诉我，我的伪装骗不过任何人。当我用可笑的符号、平方根和代数公式填满了一整页方格纸，我想了想是什么在阻止我开门见山地直接打听阿米拉米亚，然后带着一个令人满意的答案离开这里。什么都没有。但我坚信，那样即使我得到一个答案，也不会了解实情。我身边这个瘦弱、安静的女人身段平平，走在街上我是不会多看她一眼的，但在这间家具平庸、无人居住的房子里，她从一张城市里的无名面孔变成了一个神秘的意象。就是这么不可思议。既然对阿米拉米亚的回忆再次唤起了我浮想联翩的冲动，我便会遵守游戏规则，穷尽一切表象，穿过这位戴着念珠的女士一路布下的意想不到的重重迷障，不眠不休直到找到答案——哪怕那或许简单明了、显而易见。是我无缘无故地觉得这位不愿配合的女主人很古怪吗？如果是这样，我只好继续在我假想的迷宫里自娱自乐。苍蝇在果盘周围嗡嗡作响，又停在桃子上破损的地方，是被咬过的一块。我假借记笔记靠近了些：在桃子布满细绒毛的外皮和褐色的果肉上有几颗小小牙齿留下的痕迹。我没有朝女人的位置看，假装还在记录。水果看上去只被咬过但未被摸过。我弯下腰，想要看得更清楚。我把手撑在桌上，探出嘴唇，就像在重复不用手拿起来就咬的动作。我低下眼去，又看到脚边另外的痕迹：看上去像是自行车车胎的印记，这两条橡皮印在掉漆的木地板上一直延伸到桌边，之后又折回来，沿着地板越来越看不清楚，直到女人的脚下……

我合上笔记。

"我们继续吧，女士。"

我面对她时，发现她手扶着一把椅背站在那里。她前面坐着的男人咳出劣质烟草的烟雾。他背部隆起，目光隐匿：他的眼睛藏在如年老乌龟的脖子般褶皱、肿大、厚重、耷拉着的眼皮下，但似乎又紧追着我的一举一动。挂在突出颧骨下的两颊遍布胡茬和上千道深深的皱纹，发青的双手藏在腋下。他穿着一件蓝色粗布衬衫，乱糟糟的鬓发如同覆满螺壳的船底。他一动不动，确实的生命迹象是我在大门外听到过的艰难气喘：他的呼吸仿佛需要突破重重障碍，历经一道又一道黏痰、炎症和磨损的闸门。

我滑稽地嘟囔："下午好……"准备忘掉这一切：

神秘、阿米拉米亚、评估、所有线索。这头哮喘的狼的出现给了我充分理由即刻逃跑。我重复"下午好"，这次以告别的口吻。乌龟的面具在一个猛烈的微笑中完全破碎：这块肉上的每个孔隙都像是由橡皮渣和腐烂的有色橡胶制成。他伸出手臂拦住我。

"巴尔迪维亚四年前就死了。"男人用哽住的嗓音说，他那刺耳、无力又遥远的声音，发自腹腔而非咽喉。

在这只强壮的爪子的钳制之下，我近乎痛苦，也知道伪装已经没有意义。两张蜡和橡胶的面孔一言不发地盯着我，这让我能够不管不顾地再演一场戏。我假装自言自语地说：

"阿米拉米亚……"

是的，谁也不需要继续伪装了。抓住我手臂的拳头只用了一下力，便立刻松开，虚弱地颤抖着垂了下来。然后他起身，握住他肩膀上的蜡手。女人第一次露出犹疑的神情，她看我的眼睛如同遭到侵犯的鸟儿，她发出干涩的呜咽，但脸上的表情依旧僵硬。我假想出的妖怪一下变成了两个孤苦伶仃、被人遗弃、伤痕累累的老人，他们颤颤巍巍地握住对方的手才得到些许安慰，这让我羞愧难当。我的幻想把我带到这间光秃秃的饭厅，让我侵犯了两个被我无权知晓的原因逐出生活的人的隐私和秘密。我从未如此鄙视自己，从未以如此粗暴的方式令自己哑口无言。任何的举动都是徒劳：我要走近，抚摸他们，抚摸女人的头，为我的打扰表示歉意吗？我把笔记本装进西服口袋，把我的侦探故事里的一切线索统统遗忘：漫画杂志、口红、被咬过的水果、自行车的印痕、蓝格子围裙……我决定静静地离开。老头的眼神或许穿过厚重的眼皮盯住了我。他带着刺耳的气喘问我：

"您见过她吗？"

他们也许每天都这么说。过去的时态出现得太过自然，彻底摧毁了我所有的幻想。这就是答案。您见过她。多少年了？先是被我的遗忘谋杀，在昨天才被我无力、悲伤的记忆复活的阿米拉米亚，她已经离开人世多少年了？她灰色、严肃的眼睛从何时起便不再为那片始终荒凉的公园感到惊喜？那对嘴唇从何时起不再做出要哭的表情，也不再在她正色时拉得细长？我才意识到，或许是阿米拉米亚预感到自己时日不多，才会以那样的庄重严肃去发现、敬畏生命中的种种事物。

"是的，我们从前一起在公园玩。很久以前了。"

"那时她多大？"老头用更加消沉的声音问。

"大概七岁。对，最多七岁。"

女人抬高了声音，也抬起双臂，像是在哀求。

"先生，她那时什么样？告诉我们她那时什么样，拜托您……"

我闭上眼。"阿米拉米亚对我来说也只是些许记忆而已。我只能把她和她在公园里抚摸、穿戴、探索的事物联系起来。是这样的。现在我看到她走下山坡。不，那不只是片小草坡。那是一座长满青草的山冈，阿米拉米亚一次次来来去去，在那儿走出了一条小路。她从顶上往下走的时候就向我打招呼，伴随着乐声，没错，我看到的音乐，我嗅到的图画，我听到的味道，我触到的气味……我的幻觉……你们在听吗？……她一边往下走一边和我打招呼，衣服是白色的，还有一件蓝格子围裙……就是你们晾在屋顶的那件……"

他们抓着我的手臂，我还闭着眼睛。

"先生，她那时什么样？"

"她的眼睛是灰色的，头发的颜色随着阳光和树影变化……"

他们两人轻轻地引导我；我听见男人的气喘，还有念珠上的十字架撞在女人身上的声音……

"再多讲讲，拜托您……"

"跑起来时风会让她流眼泪，她来到我坐的长椅，脸蛋被开心的眼泪冲刷得亮闪闪……"

我依旧闭着眼。我们开始上楼。二、五、八、九、十二级台阶。四只手引导我。

"她那时什么样，她那时什么样？"

"她坐在蓝桉树下，把枝条编成辫子，她还假装在哭，好让我停下阅读，走过去看她……"

合页嘎吱作响。气味扼杀了一切：它驱逐了其他所有感官，像黄种的蒙古人登基一般在我的幻想中坐稳，像箱子一样沉重，像垂褶丝绸发出的沙沙声一样具有强烈的暗示，像土耳其权杖一样装饰华丽，像深邃失落的矿脉一样昏暗，像将死的星星一样绚烂。他们的手松开我。我身边两个老人的剧烈颤抖盖过了他们的啜泣。我缓缓睁开眼睛，透过角膜中混沌的眩晕和交杂的睫毛，探索这间在猩红色花瓣的浓烈香气、水汽与凝霜中令人窒息的房间。那些引人瞩目的花朵拥有着不容置疑的鲜活外表：二行芥传递的甜蜜、细辛引起的不适、晚香玉的坟冢、栀子花的神庙。这间没有窗户的小房间被火星四射的粗大蜡烛的炽热火舌点亮，蜡烛和潮湿花朵的痕迹深入刺激着神经丛的中心。在这轮鲜活太阳的光亮中，我才清醒过来，注意到蜡烛之后、花丛之中的一堆旧玩具：有彩色圆环、皱缩的气球、老式的玻璃弹珠，还有鬃毛零落的木马、几个滑板车、蓬头瞎眼的娃娃、被掏空了锯末内胆的熊、千疮百孔的橡胶鸭子、随时间缓慢损耗的小狗、被侵蚀的跳绳、装满风干甜食的大玻璃罐、穿坏了的小鞋子、三轮车——三轮？不对……两轮……不是自行车……下面的两个轮子是平行的——皮的和毛绒绒的小鞋子。而在我面前伸手可及的位置，是用装饰着纸花的蓝色箱子垫高的一副小棺材。这里用的花是象征生命的康乃馨、向日葵、虞美人和郁金香，但它们和那些代表死亡的花朵一同，被生硬地和这间温暖墓室里的所有元素混杂在一起。在银色的棺椁中，那张一动不动的平静脸庞安然地躺在黑色的丝布里，贴着白色绸缎的褥子：她戴着镶有花边的帽子，脸上涂着粉红色的油彩，眉毛用最浅的笔画成，眼睑闭合，逼真、厚重的睫毛将阴影轻轻地投射在脸颊上，和过去在公园的那些日子里一样健康。红色的嘴唇露出严肃的神态，像极了阿米拉米亚佯装生气、引我靠近时快哭的表情。双手交叉在胸前。一串与她母亲相同的念珠系在黏土材质的脖子上。小小的白色寿衣包裹着这具洁净、温顺、过早夭折的身体。

两个老人已经伏在地上泣不成声。

我伸出手，用指头摩挲着我的小伙伴的瓷质脸庞，感受这些绘制的冰冷五官。这个娃娃女王统治着这间奢华的死亡墓室中的种种繁杂。陶瓷、黏土和棉絮。阿米拉米亚没忘几她的小伙伴，来我花的地方找我。

我把手指从这具假尸体上移开。指纹留在了娃娃的脸上。

因为吸进了封闭房间中的蜡烛烟雾和细辛散发的恶气，恶心的感觉在我的胃中蔓延开，我转身背对阿米拉米亚的灵台。女人用手碰碰我的手臂。她瞪大眼睛，稳住低沉的声音：

"先生，别回来了。如果您真的爱过她，就别再回来。"

我摸了摸阿米拉米亚母亲的手，眩晕的眼睛看到老头埋在膝盖之间的头，然后离开房间，走过楼梯、客厅、院子，回到街上。

五

即便不到一年，肯定也过了九十个月。对那个死者崇拜的祭台的记忆已经不再让我恐惧。我已经忘记了那些花的气味和那个冰冷的娃娃的样子。真正的阿米拉米亚回到了我的记忆中，我虽然不至于开心，也至少再次感觉舒适：公园、鲜活的女孩、我年少时看书的时刻，它们合力打败了那场病态祭礼的幻影。生的形象比它的反面强大得多。真正的阿米拉米亚已经打败了那个死亡的图像，我想我会永远带着这样的她生活下去。有天我鼓起勇气再次翻开那个我用来记录假想评估数据的方格笔记本。阿米拉米亚的那张留有张牙舞爪的稚嫩字迹以及从公园到她家路线的卡片又一次从纸张中掉落。我微笑着拾起它，用嘴衔住一边，想着无论如何，那对可怜的老人应该会接受这个礼物。

我吹着口哨穿上西服，打好领带。为何不去拜访他们，把这张保有女孩字迹的纸片交给他们呢？

我跑着来到那座平房。豆大的雨点落在地面，魔法似的迅速唤起一种潮湿的气息，像是降福一般移除土壤表面的腐殖质，催促着一切根须生长萌发。

我按下门铃。暴雨越下越大，我又按了一次。一个尖厉的声音喊道："来了！"我期待着念珠不离手的母亲形象出来迎接我。我竖起西服衣领，衣服和身体都因为淋雨散发出与以往不同的气味。门开了。

"有什么事吗？您来了真好！"

轮椅上畸形的女孩一只手扶住门把，用难以捉摸的扭曲表情向我微笑。隆起的脊背让她的衣服看起来像是遮掩身体的帘布，不过蓝格子围裙给她身上的白色破布增添了一丝修饰。这个瘦小的女人从围裙口袋取出一小盒烟，迅速地点燃一支，橙色口红沾上了香烟的一端。烟雾让她不断挤弄漂亮的灰色眼睛。她整了整干枯杂乱的铜色鬈发，盯着我的眼神显露出探查、不安却十分渴望的神采，而后又变得畏怯。

“不，卡洛斯。你快走。别再回来了。”

同时，我听到房间里传来老头刺耳的气喘，声音越来越近：

“你去哪儿了？你不知道你不该去应门吗？给我回来！魔鬼的怪胎！你要我再抽你一顿吗？”

雨水顺着我的额头、脸颊和嘴唇流下。那双小手一惊，漫画杂志掉在了湿漉漉的石板上。

命中注定

致加夫列尔·加西亚·马尔克斯

　　亚历杭德罗之前一直住在酒店里。自从他二十二岁从科阿韦拉州[1]来到这儿，就把同时拥有一间独立、明亮的画室和一间朴素、昏暗的酒店房间作为他调和工作和私生活的方式。前者用于接待朋友、批评家和其他画家，而后者用于迎接他的众多女友，两条线路并行，并没有短路的危险：他很快发现，这些姑娘常常是前面那些男士的夫人或女友。亚历杭德罗并不比一般人更爱虚荣，他偶尔站在镜子前，故意做出夸张的表情——很多人说他长得像年轻时的彼得·洛[2]——思考为什么自己的女人缘这么好。

　　"如今怪物成了时尚，"年轻的评论家罗哈斯笑着说，"卡洛夫[3]、卢戈西[4]，还有你的分身彼得·洛，他们散发着过往岁月的迷人魅力。人们回首怀念，在他们的时代，邪恶总是以极端的形象出现：吸血鬼、木乃伊、杜塞尔多夫的变态杀手。而今，任何一个留着长发的少年，内心都比朗·钱尼[5]的千层假面更加邪恶。另外，女人们一个个都准备妥当，就盼着午夜降临，一位中产阶级的德古拉来吸她们的血，以便欢欣鼓舞地迎接这个怪物的最大威胁——玷污贞洁。"

亚历杭德罗没有笑。他继续画画，没有看罗哈斯。后者的论点只是在时间的陈述上不够精准：罗哈斯的夫人利韦塔[6]从不在下午七点后光顾亚历杭德罗的酒店房间。他在画上涂了一笔焦赭色，想起那位年轻夫人的氧气癖。那段充满气流的艳情仅仅延续了两个月，唯一的结果是一场严重的肺炎。亚历杭德罗叹了口气，离开画架。在他背后，上午十一点的光线在被工业化的浓重烟雾笼罩下的墨西哥山谷还原出一种比现实更富文学性的通透感。在比这里更高的奥利瓦尔·德洛斯帕德雷斯区，早晨的空气还很清新，然而几个小时后，城市中升腾的雾气和三月准时来临的沙尘暴——被糟蹋至干涸的湖泊的报复——便会降临。在自画像的双眼中，他发现

---

1 位于墨西哥北部。

2 彼得·洛（Peter Lorre，1904—1964），美国演员，曾在《M就是凶手》中扮演连环杀手。

3 全名波利斯·卡洛夫（Boris Karloff，1887—1969），英国演员，曾扮演弗兰肯斯坦的怪物。

4 全名贝拉·卢戈西（Béla Lugosi，1882—1956），美国演员，曾扮演吸血鬼德古拉伯爵。

5 朗·钱尼（Lon Chaney，1883—1930），美国默片演员，曾在《歌剧魅影》（1925）中出演魅影。

6 西班牙语名字 Libertad 意为"自由"。

这头长着鸡蛋脑袋的怪物冰冷而强烈的滑稽眼神，在看了《奥拉克之手》[1]后，那脑袋里装满了童年的梦魇。

"瞧，你和我说话的结果！"亚历杭德罗喊道。罗哈斯伸手恳求他别做任何改动：这位批评家第一次直接影响到画家的笔触，还顺带预定了诠释亚历杭德罗·塞维利亚——奇才、革新者、启蒙主义和浪漫主义壁画的刽子手，第一位重新觅得印第安雕刻冰冷、粗野基调的墨西哥艺术家——笔下这幅新自画像的主题。

"你还记得你最初的作品吗？"罗哈斯笑着说，"我们都说，像个二流的西凯罗斯[2]。我总是说：塞维利亚看到了科亚特利库埃[3]，他理解墨西哥的独特之处，那是我们的生活中一块极小但纯粹的、未被西方污染的地方。你还记得那篇文章吗？"

亚历杭德罗轻轻点头，闭上眼睛，用手指蹭了蹭画布。他在食指上沾了一滴普鲁士蓝，极轻地抹在画中的眼睛上：那双他自己的眼睛望着他，渐渐起了笑意。画中的眼睛笑他回想起一个又一个或如教堂石块般黝黑、或如山顶光晕般雪白的女人。在那些墨西哥女人的身体

1　1924 年奥地利恐怖电影。
2　全名大卫·阿尔法罗·西凯罗斯（David Alfaro Siqueiros，1896—1974），墨西哥壁画三杰之一。
3　科亚特利库埃（Coatlicue），墨西哥阿兹特克神话中丰沃的象征，被尊为众神之神。其形象身着由蛇编织而成的半裙，同时象征生与死、重生的向导。

上，色彩的密林沉降、跳跃，仿佛一群被囚禁在幻影似的肉体中的猫。

他揉搓着眼前的幻影："好吧，我不再叫你洛拉了。""你别这么说。我本来就不是洛拉。请你想象我从未有过身份。我从未叫过你'亚历杭德罗'，不是吗？你是我的欢愉，我也是你的快乐。叫我力量，我也叫你力量。""行，力量。"

一种可笑的残酷开始融入肉体真实的影中："你不想说话吗，卢佩？这就是我喜欢你的原因，你懂得自己的用处。你发现了吗？自从我认识你，邀请你来到这个房间，你都没说过一个字，你一言不发地追随我。要是开口的话，你得说出什么蠢话呀，卢佩，是你的头脑让你沉默。就这样，就这样，瞧这圣洁的肉体，这片敏感的皮肤，你的眼睛那么明亮！宛如柔软石块的女神，嘘，这样最好，永远别让我分心，别打扰我……"

那双眼睛里笑盈盈的、遥远的光亮终于流露出邪恶，因为外表故作残酷，所以不是那么显而易见："我以为你天真至极。所有人都说你傻乎乎的。""我当然很天真，亚历杭德罗。还有什么比天真更加堕落的吗？""过来。让我看看怎么能拆下这张服帖的面具。这些你都是在哪儿学的，阿德拉？""我偷偷观察我妈妈。她比我更乐在其中。真是劣迹斑斑。""教育万岁。""这是蒙氏教育法[1]的颠覆，亲爱的。"

亚历杭德罗下意识地挠了挠脸颊。

"你每次完成画作时都像个紫足酋长。"罗哈斯笑着说，上下打量画家，仿佛想要铭记那双工装靴、黑色灯芯绒长裤、蓝色牛仔衬衫、金色短鬈发、昏沉突出的双眼、短鹰钩鼻、丰满歪斜的嘴唇、一张狡诈又奇特的脸。

现在他住在奥利瓦尔·德洛斯帕德雷斯区，临近一片地势陡峭的墓园。房子建得容易让人误以为简单朴素：粉刷过的外墙和一层平房的表面下隐藏着众多摩尔式台座，房间内部的深色木制家具和大量克丘亚[2]古陶器、奥尔梅克[3]小人像和纸犹大人偶[4]过滤着粉墙外的强烈光线，将其精确地筛成一条条光束。

亚历杭德罗是在一九六三年的画展后离开酒店的。每次展出新作之后，他都会高烧至昏厥。如今，对病症复发的恐惧、关于他创造力减退的传闻，以及想战胜这

---

1 即蒙台梭利教育法，由意大利心理学家、教育学家玛丽亚·蒙台梭利（Maria Montessori，1870—1952）提出并发展，其特色在于强调独立，有限度的自由和对孩子天然的心理、生理及社会性发展的尊重。
2 克丘亚，指分布在前印加帝国领域（今秘鲁、厄瓜多尔、玻利维亚等地）的土著民族。
3 指奥尔梅克文明（公元前 1200 年至前 400 年），是美洲最古老的文明之一，其中心位于今墨西哥湾附近。
4 "纸犹大"指用纸扎的滑稽犹大人偶。"烧犹大"是墨西哥人庆祝圣周的传统习俗，其间人们焚烧犹大和其他政客、坏人的纸雕塑。

两者的努力，让他变成了一块躲在巨大的羊皮领外套下的果冻。他颤颤巍巍、沉默不语地走出画廊：批评家们自顾自地说着——在这些描绘人类的暗淡图画中，外在的秩序与内在的无序剧烈碰撞，转而表现出面对无序现实时，痛苦所呈现的有序性——几近昏倒的亚历杭德罗一路飞奔，把自己锁进了位于路易斯·莫亚街的酒店房间里。

　　他脱下衣裤，在胸口、双腿和额头上擦拭酒精，然后掀开被单。一个小小的银发阿根廷女人穿戴整齐地蜷缩在床上。亚历杭德罗说他吓得大喊一声；女人说她做了自我介绍——杜尔塞[1]·库内奥——并解释说她从巴塔哥尼亚[2]一路坐车过来，就是为了认识她心中的这位英雄，与其要向他索取什么，倒不如说她想把一切都献给他。一场充斥着疲惫的幻觉在亚历杭德罗的脑袋里叫嚣起来；他灼热的双眼前浮现出一系列大写且富有抽象意味的"源起"画面：不请自来的永恒开头，和往常一样，但这次让人难以接受。在不知所措中，他看见这个小小的阿根廷女人将双手移至胯的一侧，仿佛想要迈出

1　西班牙语名字 Dulce 意为"甜美"。
2　巴塔哥尼亚（Patagonia），指南美洲安第斯山脉以东、科罗拉多河以南的地区，主要包括阿根廷和智利的部分领土。

舞步或是发动一场比才[1]式的突击，否则就是某种由她自己发明的运动（他想起了克里特岛的壁画，画中的女人袒露乳房，操练着斗牛的惊险动作），但接下来的发展令人扫兴：她拉下裙子的拉链，让它落在地上。这个小个子女人光着腿，袜带交错复杂，上装的扣子一直系到脖子，在眩晕中，她脸上的妆容幻化为一连串嘴唇和发丝的弧线。她的样子让亚历杭德罗觉得恶心，他跪在床上，把脸藏在枕头之间，呜咽道："请您离开，请您离开。我很不舒服。现在不行。"同时，他努力想象出标致的女人的模样，她们即便无法与亚历杭德罗·塞维利亚的潜意识完美契合，也至少是他隐秘外显的观念的映像。但在多情的艺术家与眼前这个小个子女人之间，他却找不到任何联系：她话多，显然不受任何拘束，她以爱抚对他步步紧逼，跳上床，还阐释说，在维多利亚·奥坎波[2]之后，就再没有哪个阿根廷女知识分子屈服于古旧的西班牙封建规则了："切[3]，准备好惊叹吧，如何？"

　　亚历杭德罗重重地呼出一口气，便任她摆布了。

1 全名乔治·比才（Georges Bizet，1838—1875），法国作曲家，代表作为歌剧《卡门》。
2 维多利亚·奥坎波（Victoria Ocampo，1890—1979），阿根廷女作家。
3 切（Che）是阿根廷等地的口语中常用于唤起注意的语气词。

他醒来的时候，杜尔塞已经点了一份简单的欧陆式早餐，正裹着被单，蘸着加奶咖啡吃牛角包。亚历杭德罗满头大汗，并不想听她没完没了地叨叨——杜尔塞本以为进入房间会很困难；多亏服务生行了方便；因为他总看到女人从这个房间进进出出畅通无阻，就像高乔人[1]进出自己的村庄；她从没想过一切会如此完美；他甚至一动不动，任她主导，让她得以把鱼和熊掌一并收入囊中：扮演男人的角色，同时体验女人的乐趣；她是个现代的女权主义者；那是她有生以来最快活的夜晚；气氛放荡、随心所欲但又很文明；让她想起《精疲力尽》[2]中的爱欲场景；"墨西哥没有放映过这部影片吗？对，布宜诺斯艾利斯的确更像欧洲。"

亚历杭德罗闭上眼睛，杜尔塞把枕头调整到他的脖子和手臂下。他静静地等着这个女人离开，有时睁开左眼，有时睁开右眼。阿根廷女人在卫生间。她应该快穿好衣服了。她应该会马上离开。但她裹着被单走出来，手里拿着口红。她像一只发了疯的小魅魔，把长长的鬓发卷成几绺，又用胶带把头发粘在发黄的面颊上。接着她爬上一把椅子，开始在墙上大肆涂画。亚历杭德罗睁

---

1 高乔人（los gauchos），指在阿根廷、乌拉圭、巴西等地生活的印欧混血种人，他们通常居住在农村并以放牧和打猎为生，或过流浪生活。
2 《精疲力尽》（À bout de souffle），1960 年由让-吕克·戈达尔导演的法国电影。

开眼睛，大叫起来——小个子女人在用口红写诗，宣告她的爱情，在布宜诺斯艾利斯式的十一音节诗中，"你"（亚历杭德罗·塞维利亚）和"溺"（杜尔塞强烈的渴望）押韵，"要"（多余的发问）与"邀"（声张的、无法避免的下一次）押韵。墙上的画和镜子掉了下来，诗从一面墙蔓延到另一面墙。亚历杭德罗嚼下好几片阿司匹林，他大汗淋漓，一边不断摇着头拒绝，不愿面对眼前可怕的恐吓，一边浮想出一幅新的作品——昨晚，他刚刚总结了之前的作品，获得了一系列画作的灵感。你，要，邀，溺。罗哈斯拿着剪报走进来。小个子女人对他说："嗨，小胖子。"然后继续在墙上写作，直到精疲力竭地完成，钻进亚历杭德罗的被窝。

"把她带走，把她带走。"画家终于嘟囔着说。

杜尔塞在被单下挑逗他，罗哈斯念着关于画展的评论。亚历杭德罗像被侵犯的松鼠似的发出一声声短促的尖叫。

三天之后，杜尔塞·库内奥被内政部驱逐。亚历杭德罗顶着黑眼圈，一言不发地缴了损坏公物的罚款，然后离开了酒店，买下了这块位于奥利瓦尔·德洛斯帕德雷斯区的地皮。

他充分信任博耶尔建筑师，趁着房屋修建的工夫，他去了欧洲和美国旅游。这段长达八个月、被福楼拜称作"最美妙的放纵"的经历，对于亚历杭德罗却似乎不尽人意。首先是无法忍受的酒店、重口的食物、货币兑换、海关、在旅行社的等待、从飞机到火车和火车到的士的转乘、小费、酒店礼宾、餐厅服务员、司机。其次是模糊的城市轮廓和从遗忘中打捞出的街道：苏豪广场[1]上王尔德[2]式打扮的摩登青年们；从力普啤酒馆的高处看巴黎最繁华的街口——圣日耳曼大道、波拿巴街、塞纳街；布利克街[3]周六夜晚扰人的化装舞会是现代的让·热内[4]风格——黑人、犹太人、异教徒和赤色分子们都如清教徒般，在无边想象中的普利茅斯岩[5]上进行着永恒的开创。最后，旅程中隐秘而随性的部分是草草地浏览过的展览；每天的两三部电影——夏乐宫[6]、学院影院[7]、纽约客剧院[8]；一个说起话来像安东尼奥尼[9]电影人物的巴黎女人（"我知道自己永远不会爱你。今

---

1 位于伦敦。
2 全名奥斯卡·王尔德（Oscar Wilde, 1854—1900），爱尔兰作家、诗人、剧作家，唯美主义运动倡导者。
3 位于纽约曼哈顿。
4 让·热内（Jean Genet, 1910—1986），法国小说家、剧作家、诗人，生平及创作极富叛逆色彩。
5 指美国马萨诸塞州普利茅斯海岸边的"移民石"，据传为 1620 年清教徒登陆北美洲时落脚的第一块石头。
6 夏乐宫（Palais de Chaillot），位于巴黎，内有夏乐国家剧院。
7 学院影院（Academy Cinema），位于伦敦。
8 纽约客剧院（The New Yorker），位于纽约。
9 全名米开朗基罗·安东尼奥尼（Michelangelo Antonioni, 1912—2007），意大利电影导演，代表作为三部曲《蚀》《夜》《奇遇》。

年不会爱你。明年，或许吧。那时候我也许已经去了马拉加。也不一定。我们出去走走。如果你觉得无聊透顶，我会立刻爱你"）；一个说起话来像 D. H. 劳伦斯[1]笔下人物的伦敦女人（"你的大腿间夹着南方，眼里藏着黄金国，你如献祭的太阳般的黑色血液滋养了我的薄雾，躺到地毯上去，亚力克[2]"）；一个说起话来像杰克·理查森[3]剧中人物的纽约女人（"亚历克斯[4]，你要是我的皮条客的话，连一垒都上不去。就这样吧。我们都努力维护好自己的名誉。哎呀，我说了不行。你别这么犟了"）。"健力士黑啤有益健康。""杜，杜本，杜本内。"[5]"享受清凉一刻。"[6]"我理解你们！"[7]"别让劳动毁了生活！"[8]"与戈德华特一起前进！"[9]

---

1 即大卫·赫伯特·劳伦斯（D. H. Lawrence，1885—1930），英国作家，代表作有《儿子与情人》《虹》《恋爱中的女人》《查泰莱夫人的情人》等，他对情感和性爱的描绘非常直白。
2 英语中对亚历杭德罗的昵称。
3 杰克·理查森（Jack Richardson，1934—2012），美国剧作家、戏剧评论家。
4 英语中对亚历杭德罗的昵称。
5 法国开胃甜葡萄酒杜本内（Dubonnet）的广告标语"Dubo, Dubon, Dubonnet"，大意为"很好，很棒，杜本内"。该标语以连环画形式呈现，由卡桑德尔（Cassandre）设计，至今仍可见于法国大街小巷。
6 可口可乐20世纪20至30年代的广告标语"The Pause that Refreshes"。
7 1958年戴高乐在阿尔及利亚视察时发表的演讲中的著名口号"Je Vous Ai Compris"。
8 1959年英国保守派选举海报中的标语，全文为："保守派让生活更美好。别让劳动毁了它。"（"Life's better with the Conservatives. Don't let Labour ruin it."）
9 1964年美国总统选举共和党总统候选人巴里·莫里斯·戈德华特（Barry Morris Goldwater，1909—1998）的宣传口号"Go with Goldwater"。

"卓越牌啤酒，非凡的金发女郎"[1]——"墨西哥靠阿纳瓦克水泥公司建造"——"民主与社会正义"[2]：亚历杭德罗在墨镜后挤了挤眼睛，出租车正载着他离开机场，驶过宽敞、寂寥的大街，清晨的街道上弥漫着雾气和烤焦的玉米饼香气。他把帆布行李箱扔在地上，在这个位于奥利瓦尔·德洛斯帕德雷斯区的封闭、雪白的新家里东看西看。

罗哈斯抱臂，奇怪地望着亚历杭德罗的新调色盘：纯粹的红色、黑色、白色、铝灰色。

"你看了很多电影吗？"

亚历杭德罗在空白画布前挠了挠脖子。

"运动中的图像，你明白吗？不是像舞蹈那样的象征性的动作。不，不，不。多亏了电影，真正的运动成为了艺术：打开门，走在街上，在茶杯里搅动小勺。这才是艺术，罗哈斯。在电影中，自然与人工相似。这样就无须想破脑袋。外部世界和艺术作品的世界一模一样。既然你不理解你所观察的艺术作品的世界，你就不必为了要理解什么而用社会意味解读艺术。到此为

---

1 20 世纪 80 年代，墨西哥卓越牌啤酒（Superior）在广告宣传中采用了手持啤酒的金发女郎形象，金发女郎的形象为国内外消费者欢迎，啤酒厂商在宣传语中加入"非凡的金发女郎"、"人人垂涎的金发女郎"。
2 墨西哥革命制度党（PRI）自 1946 年起使用的官方口号。

止。别再诠释了，作品即现实，而非现实的象征、表现或是意义。但以什么形式，罗哈斯？我得找到它。"

阿德拉来找他。"你知道东西都放在哪儿，美人。冰箱里有现成的肉酱三明治。你愿意的话，可以听听我带回来的唱片。走到头是厕所。瓶子都放在画室的格栏后面。你自己玩儿吧。我要睡一会儿。"

他咬着指甲，不满地看着第一版草图。"我必须要完成这幅画，罗哈斯。你知道是怎么回事吗？我在用眼睛看。我们整整六百年都在用眼睛作画。一切都是视觉的。你发现有什么局限吗？线条、色彩、透视、阴影、塑造立体感，要么就是几何、复刻、形状；一切都是视觉的，就好像我们没有其他感官一样。说真的，我对自己很生气。我花了十一年才发现这点。从乔托[1]到蒙德里安[2]，每个人都糟透了：所有人都只用眼睛，把绘画艺术变成了小癞子[3]。就是这个道理，俄狄浦斯在眼盲之后彻悟，不是吗？睁大双眼的时候他反而什么都不知

---

1 全名乔托·迪·邦多纳（Giotto di Bondone，约 1267—1337），意大利画家、建筑师，被认为是文艺复兴运动的开创者之一。
2 全名皮特·蒙德里安（Piet Mondrian，1872—1944），荷兰先锋派画家，风格派运动成员，新造型主义的创始人之一。
3 西班牙文学中的经典形象，十六世纪流浪汉小说《小癞子》（*La vida de Lazarillo de Tormes y de sus fortunas y adversidades*）中的主人公。小说中，小癞子曾侍候过一个瞎子主人，为他领路。

道。现在我得戳瞎眼睛，真正地开始画画。"

卢佩又来找他。"喂，约翰尼·贝琳达[1]，拜托你来一下厨房。对。你早上做了什么？瞧，再整个重复一遍。你可别告诉我你独自一人时就会说话或者哼歌。谢天谢地。快，就像准备你自己的早餐一样做吧。把橙子切片。很好。下面这步有点复杂。打几个鸡蛋。对，用力打。要的就是这个效果。棒极了。接着烤面包。在那边的小烤架上。要烤出焦印来。打开麦片盒子，卢佩！停。就这样。别出声，别出声，别出声。"

画作弥漫着夜晚的光：漆黑的建筑之上是一片广告的密林。"我知道还没有什么效果，你别这么看着我。再等等。首先必须把最终要揭露的隐藏起来。人们过了多久才看出塞尚[2]笔下的锥面和球面是梨子和苹果？又花了多久看出秀拉[3]的点是片海滩，莫奈[4]的光是一个火车站？我知道，画一家工厂是不足以表现出工业活力的。我知道，这幅画有香皂和啤酒广告的夜景是不够的；等等，罗哈斯，请再等等。我必须首先画出这些，

---

1 1948 年美国电影《心声泪影》（*Johnny Belinda*）的主要人物，是个又聋又哑的女孩。
2 全名保罗·塞尚（Paul Cézanne, 1839—1906），法国后印象派画家。
3 全名乔治-皮埃尔·秀拉（Georges-Pierre Seurat, 1859—1891），法国新印象派、点彩画派画家。
4 全名奥斯卡-克劳德·莫奈（Oscar-Claude Monet, 1840—1926），法国印象派画家。

然后再剔除掉这些不实的表象：记忆、时间、预示。我必须消灭掉所有这些。从现在起，我否认绘画艺术经历了发展，即便你高雅的趣味将其称为"试验"，也不存在被你称为"记忆"的传统，或是位于这二者间、用于定位一幅画的时间。我否认。你再等等。"

洛拉又来找他。"闭上嘴巴。你要是再说什么我们不知道自己的名字，我发誓会砸烂你的脸。跪下，亲吻我的手，卑微的小橡胶玩偶。你以为我让你进屋是为了让你说些蠢点子？把脸抬起来，看着我。你想干什么？要我用生平经历作画，还是更糟糕地，让我评说自己的生活，再把它画出来？你以为自己能有幸成为我的灵感或者我的热情，还是你想要分散我的注意力？行了吧。你的用处只是保护我不发疯不自杀。我和你上床是为了不至于阉了自己，为了不哆哆嗦嗦地去找精神病医生。我和你上床，还和卢佩上床，和阿德拉上床，都是为了在你们身上耗尽我的生活本身，免得它烦扰我作画。也是为了不必再一次从头开始。你知道开始一段感情要费多大劲吗？再一次重复同样的话，欺骗自己那些一成不变的行为是新鲜的，还得背着她们的父母、兄弟和丈夫。你可别以为我会像凡·高一样，对自己的耳朵做些蠢事。把碍事的衣服脱掉，快点，保护我免受爱情的侵扰。你能在这儿是因为你不给我惹麻烦。"

他离开第二张画，手放在嘴唇上，眼神里闪着光。"现在你注意到了吗，罗哈斯？我以前想的是我们俩有可能成就一种神圣的艺术。我过去的画中表现的都是黑暗的一面，那里隐秘而圣洁，但始终是组成我们整体的一种形态。你们说得有道理：那是现世的科亚特利库埃，小酒馆里的特斯卡特利波卡[1]，从监狱开往墓地的汽车上的希佩托特克[2]。但那不是真的，罗哈斯，我向你保证。只有当自然具有威慑力，艺术才是神圣的。还需要一个天堂和一个地狱，需要存在于大地之外的一个极端可能性。没错。这样，大地和人类会在时间中奋力地将自身神圣化。没错，我继续说。但大地和人类都不会真正变为神圣。但这是神圣之所在——最后的亵渎。这是我表现给你们的：并非美好的情绪、人的形象或者摆脱束缚的物质，也不是光和纯粹的菱形。不是。唯一神圣的是对神圣的否定。这正是以上这些运转的动力。"

亚历杭德罗伸手指了指那幅完成的画作，作品完美地描画出一罐咖啡粉：一个带盖的玻璃瓶，上面贴有红

---

1 特斯卡特利波卡（Tezcatlipoca），在阿兹特克神话中象征天和地的主人、生命的源泉、人类的庇护、力量与快乐的来源，他无所不在、捉摸不定。
2 希佩托特克（Xipe Totec），在阿兹特克神话中掌管东方，象征更迭往复。

色标签，写着"雀巢无咖啡因速溶咖啡，产于哈利斯科州奥科特兰市[1]，注册商标"。

"我已经尽力了。一切都是命中注定。"罗哈斯笑着说。

一幅画不过是一幅画而已。亚历杭德罗终于在他奥利瓦尔·德洛斯帕德雷斯区的房子里感觉自在了。他常在城市里散步，停下来花上几个小时端看贴满墙壁的执政党宣传标语和候选人照片、墨西哥电影海报、小杂货铺的商品广告。他买了些逗乐的、颇具浪漫色彩的旧连环画书，剪出了一部墨西哥漫画史——从最初的漫画形象堂卡塔里诺[2]、蜂鸟先生[3]、马梅尔托[4]，到黄金时期的《佩平》[5]《小小孩》[6]和《超级智者》[7]，再到《布

---

1 位于墨西哥东南部。
2 漫画《堂卡塔里诺和他受人尊敬的家庭》（*Don Catarino y su apreciable familia*）中的主要人物，由萨尔瓦多·普鲁内达（Salvador Pruneda）绘制，1921年1月1日起在墨西哥《先驱报》（*El Heraldo*）的周日增刊上连载，是墨西哥的第一部长篇连环画。
3 漫画《蜂鸟先生历险记》（*Las aventuras de Chupamirto*）中的主要人物，由赫苏斯·阿科斯塔（Jesús Acosta）创作，约于1927年起在墨西哥《世界报》（*El Universal*）上连载。墨西哥著名喜剧演员康丁法拉（Cantinflas）的形象便来自这一漫画人物。
4 漫画《马梅尔托和他的朋友们》（*Mamerto y sus conocencias*）中的主要人物，由乌戈·蒂尔格曼（Hugo Tilghman）和赫苏斯·阿科斯塔创作，于1927年至1940年在墨西哥《世界报》上连载。
5 1936年至1954年间由墨西哥青年出版社（Editorial Juventud）发行的连环画杂志，对此后同类型的杂志有很大影响。
6 1937年至1956年间由墨西哥铁匠出版社（Publicaciones Herrerías）发行的连环画杂志，《小孩》（*Chamaco*，1936—1956）的姐妹刊，首个口袋书开本大小的日刊，后被争相模仿。
7 1936年至1968年间由赫尔曼·布特塞（Germán Butze）创作的墨西哥系列连环画，主题包括科幻、冒险、喜剧等，发表于《佩平》杂志。

龙一家人》[1]，以及何塞·G.克鲁斯[2]的几部漫画——并把这些剪贴画钉在画室的墙上。电视广告肆无忌惮地打断他最爱的三十年代电影，他不耐烦地等着广告演完。鲍嘉、白考尔、埃罗尔·弗林、克劳馥[3]，他们的动作、穿着和观念不都是个人崇拜的标志吗？他没把握地开始用卡通画的极简线条勾画《夜长梦多》[4]中的鲍嘉和白考尔，还在睡前一本接着一本地阅读雷蒙德·钱德勒的小说。阿德拉、洛拉和卢佩继续习惯性地准时光顾，她们乖巧听话，像是这个家里的一部分。即使亚历杭德罗·塞维利亚面对几只运动袜、一瓶汽水或是一张流行唱片封面时迟缓、深思、近乎崇拜的观察姿态让她们感觉奇怪，她们还是克制地和他的工作保持距离。

"你得出门走走了。你照过镜子吗？"罗哈斯抓着他的肩膀，把他带到了理发店的烘发机前。黄色球面上反射出的亚历杭德罗前所未有地像是一个给小女孩派发糖果的凹面猥琐大叔。

---

1 1948 至 2009 年间由加夫列尔·巴尔加斯（Gabriel Vargas）创作的墨西哥连环画。
2 何塞·G.克鲁斯（José G. Cruz, 1917—1989），墨西哥 50 年代重要漫画家、漫画编辑，绘有《小阿德拉与游击队》（*Adelita y las guerrillas*）等。
3 全名分别为亨弗莱·鲍嘉（Humphrey Bogart, 1899—1957）、劳伦·白考尔（Lauren Bacall, 1924—2014）、埃罗尔·弗林（Errol Flynn, 190—1959）、琼·克劳馥（Joan Crawford, 1904—1977），均为美国演员。
4 《夜长梦多》（*The Big Sleep*），1946 年美国电影，改编自侦探小说作家雷蒙德·钱德勒的同名小说。

在昏暗的公寓中，特里尼·洛佩兹[1]的锤子的节奏掌控着一对对神情严肃、冲浪似的舞动的人们。亚历杭德罗拿了一杯自由古巴[2]，然后穿过那些僵硬的大腿、抖动的胯部和随意乱舞的胳膊，倚靠在客厅尽头的墙上。他看见罗哈斯被夫人拉着经过：利韦塔用手向胸脯扇着风，打开了朝向埃尔瓦街的窗户。从七层看，城市变成了一个半圆形的舞台，毫无新意的布景让台前的面具和他们的绝妙演技得以凸显。亚历杭德罗看着房子的主人穿着丝质和服活跃在人群之中。他叫巴尔加斯，是个年轻的戏剧导演。公寓的墙上收集有罗特·莲娜[3]漫长表演生涯中各时期的剧照——从《三文钱的歌剧》[4]中黑眼圈深重的年轻妓女，到她最近一次以007身边穿着毒匕首鞋子的同性恋老太太的形象亮相。整个客厅像是布莱希特[5]和魏尔[6]主题的圣殿，或者说是墓穴，不仅有二次大战中柏林所有重要音乐作品的照片，家具和装饰的细节也彰显出那种不久前被指责俗气、如今因怀

1　特里尼·洛佩兹（Trini López, 1937—　），墨西哥裔美籍音乐家、歌手，因翻唱"如果我有一把锤子"（"*If I Had a Hammer*"）而出名。
2　以朗姆酒和可乐调成的鸡尾酒。
3　罗特·莲娜（Lotte Lenya, 1898—1981），长居美国的奥地利演员、歌手。
4　原名 *Die Dreigroschenoper*，德国音乐剧，由布莱希特编剧，库尔特·魏尔作曲。
5　即贝托尔特·布莱希特（Berthold Brecht, 1898—1956），德国戏剧家、诗人。
6　即库尔特·魏尔（Kurt Weill, 1900—1950），德国作曲家。

旧而重放异彩的风格：借助这间现代化公寓易损耗的特质，一个虚假的美好时代及其向新艺术运动[1]的延伸，垂挂于天鹅绒帘幔、木珠吊灯和流苏扶手椅之上。

一曲终了，巴尔加斯美丽的红发夫人穿着黑丝裤袜、戴着圆顶礼帽出现在众人面前。与此同时，一位黑发蓝眼的姑娘离开人群，一路旋转着，靠在客厅尽头的墙上。她把手按在胃上。亚历杭德罗看了看她，继续喝酒。巴尔加斯夫人在客人们的掌声和笑声中优雅地演唱了《阿拉巴马之歌》，那位姑娘一面欣赏，一面平复呼吸。亚历杭德罗内心的不快转瞬即逝，他的关注点从一瓶凤梨罐头转移到那位姑娘的侧颜——黑色的长直发伸到了没涂口红的嘴边，几乎把脸全部挡住。她露出疲惫的笑容，远远地朝谁打了个招呼，然后把手臂抱在胸前。亚历杭德罗试图移开视线，重新想象出凤梨罐头的样子。姑娘朝四周看了看，发现了亚历杭德罗，便笑着伸出两根手指朝他打招呼。画家掏出一包雷利牌香烟，递了一支给她。

姑娘说："谢谢。我叫乔伊斯。"

亚历杭德罗划了一根火柴，靠近乔伊斯："我能跟

---

1 新艺术运动（Art nouvean），发源于19世纪80年代，在1890年至1910年达到顶峰。该运动受自然的形状与结构启发，善用流动的线条，尤其对装饰艺术有较大影响。

您说件事吗？"

乔伊斯抬眼。亚历杭德罗觉得那双蓝眼睛无可比拟，但他不自觉地想起了那个从雅典的一片没有名字的海角边打捞上来的青铜少年。少年恰恰因为没有意义而十足重要，他并不期待庆祝一场胜利或悼念一场死亡，而是照常做着清秀高挑的自己，被人发现时也是那般模样。纤长的手指，窄窄的胯部。乔伊斯把香烟靠近火柴。

"我认为您是我见过的最美的女人。"

乔伊斯吐出一口烟，爬上脸颊的绯红让她的惊慌无处藏匿。

"那位是我的丈夫，"她用香烟示意，"那个蹲着伴唱的。"

"他从没这么对您说过吗？"

乔伊斯紧盯着亚历杭德罗，"英语国家的人从来不说这些陈词滥调，"她笑了笑，"所以我才会喜欢拉丁人，"接着垂下眼睑，"我承认，您是第一个对我这么说的人。"

"你们来这儿做什么？"

"我们是考古学家。今年就博士毕业了，在斯坦福大学。我们在这儿做论文。我们已经去过了尤卡坦州[1]、帕伦克[2]和霍奇卡尔科[3]。后天我们要去图拉[4]。"

乔伊斯皱了皱眉头。亚历杭德罗抓住她的手。

"你不要挑逗我，"姑娘生硬地说，"我不想要更多的艳遇了。爱情不是一场抢凳子游戏。我很认真。和一个男人相识、相知就足够了。我认为的爱情不是直来直去、显而易见的，这种感情隐秘、似是而非。我没兴趣体验一把了不起的拉丁热情。"

"乔伊斯，我不喜欢绕圈子。你现在可以跟我出去吗？"

"我得和我丈夫一起走。明天十二点，我在纽约城市银行的分行等你。"

她走了，身着淡紫色的纱质礼服，身形高挑修长，姿态摇曳而端庄。客人们一齐鼓掌。有人放了张波萨诺瓦的唱片。亚历杭德罗慢慢走下楼梯。电梯从十一点起就罢工了。

中午十二点一过，亚历杭德罗就走进了那栋装有巴洛克风格大门的建筑，在现代化的大厅中一个个木制隔断和真皮座椅间找她。她坐在一位工作人员对面，戴着

---

1 位于墨西哥南部的尤卡坦半岛北部，北临墨西哥湾，境内有大量玛雅遗迹。
2 位于墨西哥南部的恰帕斯州，有著名的玛雅遗迹考古区。
3 位于墨西哥中部的莫雷洛斯州，是一座前哥伦布时期的建筑遗址，其兴盛期（公元 650 年至 900 年）在特奥蒂瓦坎没落之后。
4 位于墨西哥中部的伊达尔戈州，有托尔特克文明（公元 800 年至 1000 年）的建筑遗址。

三角头巾和墨镜，素颜下显露出雀斑。亚历杭德罗走近，两人握了握手。

"我正在兑换我们的工资，马上就好了。"

她收好钱，站起身来。皮凉鞋让她看起来矮了许多。她还提了一个购物袋，里面装着几瓶罐头和一个草编的骑马玩偶。

"这是给我儿子的，"他们走出银行，来到阳光充沛的伊莎贝拉一世街，她笑着说，"他很喜欢墨西哥玩具。"

"我的车停在停车场。"亚历杭德罗说。他扶着她的手肘，二人过了街。

"我得去《至上报》报社登个广告。"乔伊斯说。他们坐在欧宝[1]汽车上，沿五月五日大道缓慢前行，后面跟着一群无处不在的彩票小贩。

"有空一起喝杯咖啡吗？"亚历杭德罗摘下墨镜，握住乔伊斯的手。

"你先让我去登一下广告。我们需要给孩子找个保姆。"乔伊斯也握住他的手，亚历杭德罗吻了吻那只手。后面的车愤怒地按响喇叭，二人相视一笑，重新发动了汽车。

---

1 德国汽车品牌。

"别人告诉了我你的身份。我很欣赏你的作品。人们都说那是这个时代中唯一接近印第安艺术的创作。我得声明，我一直很喜欢你的作品。"

"乔伊斯，你让我痴迷，我向你发誓。瞧瞧你让我成了什么样子，我一碰到你就要发疯。"

"不，请别这样。报社到了，你和我一起来吗？"

"这样，我去停车，在法国书店等你。之后我们去旁边喝杯咖啡。"

"好的。"

乔伊斯下车，跑向了报社。亚历杭德罗进了停车场，接着走去相距几十米的书店。

"早上好，"利塞特对他说，"您的书到了。"

她在一个书柜前屈身，取出几本书。亚历杭德罗翻看德劳[1]的画，心里想着：全是光线，没有实体，伦勃朗[2]的终结。他看了看表，目光扫过这家暖色的书店——高高的书架，带轮的小梯子，布局妥当的烟灰缸，中间的圆桌上放着一束百合。他把书夹在腋下，去收款台付了钱。

他离开书店，走上改革大道。

---

1 全名罗伯特·德劳（Robert Delaunay，1885—1941），法国画家，20 世纪抽象派先驱之一。
2 伦勃朗（Rembrandt，1606—1669），荷兰画家，巴洛克绘画代表之一。

停顿片刻后，他飞快地走向停车场，付了钱，坐上车，发动汽车上了辅路，右转进入布卡雷利街。

亚历杭德罗的新画展在上周开幕，反响很差。他被指责背叛了自己的风格和民族的特质，无耻地抄袭了波普艺术。罗哈斯刚刚写了一篇文章为亚历杭德罗辩护，题目叫《通俗的神圣化》。阿德拉、洛拉和卢佩消失了，但画展又召集起新的一批女人，她们在一周七天中轮流造访位于奥利瓦尔·德洛斯帕德雷斯区的那座房子。大家都说，不管亚历杭德罗作为艺术家是好是赖，他都是个时运亨通、顽固不化的花花公子。不久前我提醒他，他已经三十三岁，是时候考虑成家了。亚历杭德罗只是忧伤地看了我一眼。

旧道德

致卡洛斯·贝洛[1]

"黑鹫！贪婪的乌鸦！滚出我的视线！你们想让我种的菜都干死吗？换条路吧，到堂娜卡西尔达家去，毕竟那个老信徒会对你们五体投地！这是我家，请尊重这位拥护华雷斯[2]的共和派！你们什么时候见我去过那座阴森森的教堂，食腐的秃鹫？我一点也不欢迎你们！滚，滚！"

我的祖父倚在小菜园的围栏上挥舞他的拐杖。他一定生来就带着那根拐杖，我想他没准连睡觉都抱着它，以防丢失。拐杖的手柄和祖父如出一辙，只不过手柄上的是一只眼神高傲、睥睨四方的长毛狮子，而祖父则是个黄眼睛的长发老头，每当他看到列队经过菜园、抄近路去教堂的神父和神学院学生，都愤怒得目眦欲裂。神学院位于莫雷利亚[3]近郊，祖父赌咒说，它之所以建在经过我们家的这条路上，纯粹是不让他好过。他的原话不是这么说的。姨妈们说，从祖父嘴里吐出来的都是些伤风败俗的词，叫我不要学他。奇怪的是，神父们总是不愿绕去堂娜卡西尔达家，非得从我们这儿经过，就好像他们喜欢听祖父嚷嚷似的。他们绕道走过一次，堂娜卡西尔达跪下请求得到祝福，还请他们吃了自制的巧克力。真不懂他们为什么总要从这儿走。

"哪天我一定要整整他们，这群瘟三神父！哪天我要放狗咬他们！"

事实上，祖父的几只狗经常在家里叫个不停，但在神父们经过围栏时，它们都乖巧得很。每当神父们排队走下山、在胸前画起十字，三只牧羊犬就会大嗥大叫，仿佛看见魔鬼降临。牧羊犬看惯了祖父胡子拉碴的样子（姨妈们来访时，他还会故意把胡子搞得更乱），见到那么多身穿长袍、面容整洁的人出现，它们肯定觉得莫名其妙。关键是，几只狗一走出菜园就变得很温顺，不停地舔舐神父们的鞋子和手，神父们则会微笑着侧眼看向祖父，这让他恨得咬牙切齿，拿着拐杖直敲围栏，结结巴巴地说不出话来。其实，我不清楚神父们偷看的是

1 卡洛斯·贝洛（Carlos Velo, 1909—1988），西班牙电影导演、制片、编剧，内战时流亡至墨西哥，成为墨西哥影坛重要人物。富恩特斯曾与其合作，将胡安·鲁尔福的小说《佩德罗·巴拉莫》改编为电影（1967）。
2 指贝尼托·华雷斯（Benito Juárez, 1806—1872），1858 年至 1872 年间连任墨西哥总统，曾领导国人反抗法国侵略，进行多项自由主义社会改革，实现了政教分离。
3 墨西哥中部米却肯州的首府。

不是别的东西：祖父总是搂着米卡埃拉[1]等待这群长袍先生经过，这位比祖父年轻许多的姑娘靠在他身上，微笑着解开衬衫纽扣，还对着路过的神父一根接一根地吃小香蕉，眼睛和牙齿都诱人地闪着光。

"我的娘们没让你们欲火焚身吗，吸血鬼们？"祖父喊道，把米卡埃拉搂得更紧，"诸位想听我讲讲天国所在何方吗？"

他大笑一声，掀起米卡埃拉的裙子。神父们惊慌失措地跑开，像极了附近的那群偶尔跑出树林向我讨萝卜吃的小兔子。祖父和米卡埃拉笑得前仰后合，我也快背过气去。我拉着笑出眼泪的祖父说：

"快看，快看，他们跳着逃跑的样子和小兔子一模一样。这回你吓到他们了，他们大概不会再回来了。"

祖父抓紧我的手，他的手掌布满青筋和发黄的老茧，仿佛菜园尽头的小茅屋里存放的树干。几只狗回到家里，又吠了起来。米卡埃拉系好衬衫，爱抚祖父的胡子。

不过除此之外，生活还是非常平静的。在这里，所有人的工作都惬意舒心。姨妈们认为，一个十三岁的孩

---

1 米卡埃拉（Micaela）是米格尔（Miguel）的阴性形式，后者意为"谁是如上帝一样的人"。富恩特斯在本篇中用这个名字可能暗含讽刺意味。

子参与劳作而不去上学是道德败坏的表现，我并不理解。我很喜欢早早起床，跑去主卧：米卡埃拉正叼着发卡，坐在镜子前编辫子，祖父还在床上打呼噜；我敢肯定，他准是又熬夜和朋友打牌到凌晨两点，才睡上不到四个小时。卧室被家具、靠枕摇椅和镶有全身镜的大衣橱塞得满满的，我六点钟就跑了进来，偷笑着爬到床上去。祖父继续装睡，以为我没发现，我便配合他的游戏。他会突然发出一声狮子般的哼叫，把烛灯的玻璃罩都震得发颤，我则会装出受惊的样子，钻进那个气味浓郁而特别的被窝里。没错，米卡埃拉有时会说："你不是个孩子，你和它们一个样，是只小狗，用不着眼睛，全凭气味牵着鼻子走。"她说这话没开玩笑，我确实会闭着眼睛走进厨房，径直走向酸奶酪、蜜罐、包着南瓜花的奶酪玉米馅饼、奶油碟，还有米卡埃拉正在腌制的芒果蜜饯。我不用睁开眼睛就能把手指伸进炖菜，把嘴巴凑近摞着一张张新鲜出炉的玉米饼的小篮子。"要我说，祖父，"我有天和他说，"只要我想，我完全可以靠鼻子闯遍天下，永远不会走丢，绝对的。"走出家门也同样容易。太阳还没升起，木材厂的工人已经在忙碌了。正是蒙特苏马松树的清新气味把我带到那里。工人们在棚子里将树干和树枝堆成小山，接着用锯子把它们分别裁成需要的厚度和宽度。大家都和我打招呼，还说："阿尔维托，来搭把手。"因为他们知道这句邀请会让我非常骄傲，也知道我清楚他们的心思。锯末堆成了一座座小山，到处弥漫着真正的森林气息：木头被砍伐之前和被加工成家具、大门或房梁之后的气味都与这不同。有一次，莫雷利亚的报纸写了祖父的负面报道，把他称作"削山贼"。祖父抄起拐杖，跑去了山下的莫雷利亚，打破了记者的脑袋，还不得不缴了赔偿金——报社是这么报道的。祖父是个冲动鲁莽的人，这点毋庸置疑。但少有人知道，一个对着神父和记者们怒气冲天的人，却在屋后的暖房里格外地和善。他没在那儿种庄稼，而是养了些鸟。没错，祖父酷爱养鸟，我觉得他之所以如此疼爱我，就是因为我继承了他的爱好。我常常花上一整个下午观察鸟，我给它们带去麦粒和水，在太阳落山时等它们沉沉睡去，然后铺好布罩。

养鸟是一门学问。祖父说，必须下功夫钻研才能把它们照顾好。这话完全在理。祖父的鸟可不是随便的什么麻雀。我花了很长时间阅读每个笼子上的卡片，上面解释了鸟儿的来源和名贵的原因。雄雉羽毛艳丽，最是得意洋洋，雌雉则干瘪得很，颜色也不鲜艳。亚马孙的凤头鹦鹉羽毛雪白，眼周淡淡的蓝色看起来像是失眠了。虎皮鹦鹉身上有红色、绿色、紫色和黄色。火鸟是黑色和橙色的。"皇家寡妇"[1]长长的尾羽一分为四，每年只在寻找配偶时长出，之后便会脱落。来自中国的白腹锦鸡面部通红，身上的颜色如银镜一般。最有趣的是喜鹊，它们追着光点跳跃，把光亮遮得严严实实的。我喜欢在每个下午跑来观察这几只最漂亮的鸟儿，后来祖父告诉我：

"所有的鸟儿都知道谁是异类、谁是朋友，也知道如何打发时间。真是这样。"

之后，我们仨就坐在长长的旧桌子旁边吃晚饭。老头儿说，那张来自修道院的桌子是他在家中唯一接纳的教会事物。

"这没什么的，"他说，米卡埃拉给我们端来几根塞有菜豆和融化奶酪馅的辣椒，"一张来自修道院食堂的桌子如今被安置在一个自由派的家中，这没什么的。华雷斯总统就曾把教堂变成图书馆。而现在，这些书又被搬了出来，就为给圣水池腾地方，这不就是这个可怜的国家正在不断腐化的最佳证明吗？但愿你那些虔诚的姨妈每次望弥撒的时候至少能把眼屎洗干净。"

"估计她们得洗个没完呢，"米卡埃拉笑着，把盛

---

1 "皇家寡妇"（viuda real）可能指箭尾维达鸟（vidua regia），两者在西文中拼写相似。

有普尔克酒[1]的罐子递给祖父，"那几位虔诚的女人成天待在圣器室里，闻起来一股旧尿布味儿。"

祖父搂住她的腰，我们都开怀大笑。我在笔记本上画出我过世的母亲的这三个姐妹，活像祖父养的鸟儿中鼻子最尖、最好管闲事的几只。然后我们又一次大笑，笑到肋骨疼，笑出了眼泪，祖父的脸红得像个西红柿。后来祖父的牌友们来了，我上楼睡觉，第二天一早再钻进祖父和米卡埃拉的卧室，周而复始，我们每个人都很开心。

但今天与往常不同。我在木材厂的时候听见了狗叫声，心想该是神父经过。我可不想错过祖父口中如释迦果果泥一样香甜可口的脏话。但奇怪的是，神父们一般不会这么早过来。紧接着响起了喇叭声，我才知道是姨妈们来访。上次见到她们还是圣诞节，我被强行带去莫雷利亚，度过了一个无聊透顶的节日：她们仨一个弹琴，一个唱歌，另一个一杯接一杯地给主教献上蛋奶酒。我本来决定装作没看见她们，但没过多久，好奇心作祟让我想去看看那台复古风格的汽车。于是我做出一副满不在意的样子，吹着口哨，踢着地上的刨花和树皮往家走。大家都进了门。汽车就停在栅栏外，车篷上缀

1　墨西哥传统饮品，一种以龙舌兰草的鳞茎为原料、经发酵得到的酒。

满了流苏，天鹅绒的座位上摆着手绣的靠垫：INRI，SJ，ACJM[1]。我会和祖父一起研究这些绣字都是什么意思，不过那是后话了。老头儿现在肯定在肆意消遣姨妈们，为了不扰他的兴致，我踮着脚走进家门，躲在几盆盆栽后。我在那儿能看到他们所有人，但他们都看不见我。

　　祖父站着，两手拄着拐杖，嘴里叼着的雪茄冒出浓烟，好似开向华雷斯城[2]的快车。米卡埃拉面带微笑，抱臂站在厨房门口。三位姨妈都戴着黑色帽子和白色手套，膝盖并拢，直挺挺地坐在一张藤条沙发上。据说边上的两位已婚，中间的那位还是单身，但表面上看不出什么区别。米拉格罗斯[3]·特赫达·德鲁伊斯姨妈的特点是她总皱着一个眼皮，像是眼睛进灰了，安古斯蒂阿斯·特赫达·德奥特罗姨妈像是戴了一顶不时歪斜的假发，而那位未婚的贝内迪克塔·特赫达姨妈只是看上去略微年轻一点，她不停地用一块带黑色花边的手帕擦拭鼻尖。除此之外，三个人都很瘦、很白——苍白到近乎没有血色——鼻子很尖，打扮也一模一样：始终穿着丧服。

1　分别为"耶稣，拿撒勒人，犹太人的君王"、耶稣会、墨西哥青年天主教协会的缩写。
2　位于墨西哥最北部奇瓦瓦州的城市。
3　三位姨妈的名字分别意为"奇迹"、"苦难"、"有福"。

"他妈妈姓特赫达，但他爸爸姓桑塔纳，和我一个姓，这意味着我对他全权负责！"祖父喊道，鼻子里喷出烟雾。

"但体面的名声来自特赫达家族，堂阿古斯丁，"堂娜米拉格罗斯说，她把另一只眼睛瞪得像灯笼一样，"这点您可别忘了。"

"体面的名声来自我的菜篮子！"祖父又嚷了起来，他灌下一杯啤酒，朝一齐捂上耳朵的姨妈们哼了一声，"我没必要和你们啰嗦，臭婆娘。还不如留着口水做别的事。"

"留给女人呗，"堂娜安古斯蒂阿斯整了整假发，尖声说，"那位和您共处一室的妓女。""还有酒精，"贝内迪克塔小姐垂下头低声说，"即便孩子学会喝酒我们也不奇怪。""剥削，"堂娜米拉格罗斯挠着脸颊喊道，"你强迫他像个小工一样干活。""愚昧，"堂娜安古斯蒂阿斯挤弄着她的小眼睛，"他从未进过基督教学校学习。""罪孽，"贝内迪克塔小姐并上双手，"他已经满十三岁却还未领过圣餐，也没望过弥撒。""无礼，"堂娜米拉格罗斯伸出一根手指指向祖父，"您每日龌龊地攻击教会母亲和她的信徒，是为无礼。""亵渎神明。"贝内迪克塔小姐用黑色手帕擦拭眼睛。"异教徒。"堂娜安古斯蒂阿斯摇晃着脑袋，假发滑到了眉毛上。"未婚同居。"堂娜米拉格罗斯的眼皮不住地颤抖。

"永别了，卡洛塔妈妈！[1]"米卡埃拉一边唱，一边掸了掸厨房的抹布。

"永别了，信徒与叛徒！"祖父举起拐杖，大声地跟唱，姨妈们手拉手闭上眼睛，"这场家庭会面已经够长了。诸位请回到你们的破车、玫瑰经和熏香里去吧。还有，让你们的丈夫别再躲在女人身后。我阿古斯丁·桑塔纳和天使一样善良，他们什么时候真的想带走孩子，我就在这儿恭候。上帝愿你们一天顺利，夫人们，也只有他的大慈大悲能创造这一奇迹了。滚吧！"

可当祖父举起拐杖，堂娜安古斯蒂阿斯掏出了一份文件："您别吓唬我们，好好读读这份法庭关于未成年人保护的民事判决吧，堂阿古斯丁。孩子不能继续在这种道德败坏的环境中生活下去了。今天下午会有两位宪兵过来，把他接到贝内迪克塔妹妹家里去。她单身独居，很乐意把阿尔维托培养成一个得体的基督徒和小骑士。我们走，姐妹们。"

---

1 法国皇帝拿破仑三世在墨西哥扶植傀儡皇帝马克西米亚诺大公，华雷斯总统领导国人反抗侵略，于 1867 年处死傀儡皇帝。马克西米亚诺的妻子卡洛塔皇后于 1866 年秘密逃回欧洲，传闻她在韦拉克鲁斯的港口听到华雷斯派游击队员演唱这首歌曲庆祝抗战胜利："永别了，卡洛塔。/永别了，我的甜蜜爱人。/法国人离开了，/皇帝也走了。"《永别了，卡洛塔皇后》后成为墨西哥家喻户晓的歌谣。

贝内迪克塔姨妈家位于莫雷利亚市中心，从阳台向外可以看到一片设有铁质长椅、种有许多黄花的小广场。房子建在教堂一侧，和城市里其他的大宅子一样老旧。姨妈家有一个门厅和一个天井，用人们的房间和厨房都在楼下，厨房里有两个女佣负责全天给煤炉扇风。客厅和卧室在楼上，每个房间都朝向光秃秃的天井。不用多说，米拉格罗斯姨妈认为必须要把包括我的外套、靴子和汗衫在内的旧衣服全部烧掉，并且把我打扮成现在这个样子，每天穿着蓝色西装和笔挺的白衬衫，活像个娘娘腔。为了准备迎接假期后的课程，他们找了个傻乎乎的老头儿来教我说饶舌的英语，我得做出猪嘴的形状才能按老师的要求发出 u 这个音。毫无疑问，我每个早上都得跟着贝内迪克塔姨妈去教堂，坐在那里的硬长椅上，但那至少能让我换口气，多少有点乐趣。吃饭的时候一般都是我和姨妈两个人，其他姨妈和姨夫偶尔过来，他们摸着我的额头叫我"小可怜"。饭后，我会一个人在天井里散步，要么就是钻进分配给我的那间卧室。我的床非常大，还挂着蚊帐。床头有一个十字架，屋侧还有间小浴室。我在那儿觉得无聊透顶，总是迫切地盼望开饭，因为只有吃饭的时候不那么烦人。开饭前半个小时，我就开始在饭厅门口巡视，瞅瞅给炉灶扇风的两个女佣，瞧瞧这顿要吃什么菜，然后再回到饭厅门口巡视，直到一个女佣走进去，在两个座位上摆放盘子和餐具。之后，贝内迪克塔姨妈会从她的房间里出来，拉着我一起走进饭厅。

据说，贝内迪克塔姨妈没有结婚是因为她的要求很高，没有男人符合她的条件。还有人说她已经三十四岁，是个老姑娘了。吃饭的时候我盯着她，看她是不是真的比我大二十岁，她则继续小口喝汤，不看我也不和我说话。她从不和我说话，加上我们坐在桌子的两端，相隔太远，就算大声喊也听不清楚。我试图比较她和米卡埃拉，因为我只和她这一个女人一起生活过。我的妈妈生下我就去世了，四年后爸爸也走了，从那时起我就和祖父以及被姨妈们称为"情妇"的米卡埃拉生活在一起。

贝内迪克塔小姐从来不笑。她只会说一些显而易见的话，或是叫我去做一些我已经预先做好的事。她不必说，我就会做她想要我做的事，相当机灵。不知道是就餐时间本身就长，还是我性子太急，还好我总能找到法子自娱自乐。一种是把姨妈想象成米卡埃拉的样子，这很好笑：我想象着米卡埃拉的笑声、她前仰后合的样子和那双总是半信半疑的眼睛出现在这个领口紧实、穿一袭黑衣的身体上。还有一种娱乐方式是用我自己发明的语言和姨妈说话，让她把咖啡递给我。

"呦呦，小姨姨，给窝递下啡咖。"

姨妈没有傻到听不懂我的话，她叹了一口气，按我说的做了，还教育了我两句：

"应该加上'请'，阿尔维托。"

不过听我讲下去，在其他事情上她总被我捉弄得犯傻。例如，有时她一脸严肃地去敲我的门，要教训我赖床，但我已经洗漱完毕、穿戴妥当，从天井里回应她。这时她只得藏起怒火，用更严肃的语气对我说，该出发去教堂了，我则会笑着给她展示我的弥撒书，她便哑口无言了。

大概在那里住了一个月的时候，我有天终于被她抓到了把柄，这全要怪那位好事的神父。我正在准备第一次领圣餐仪式，教义课上的所有小孩都笑话我，说一个大孩子竟然连什么是圣灵都不知道。其实他们嘲笑我不过是因为我比他们年纪大。那时终于轮到我单独和神父说话，为忏悔做准备。他讲了许多有关罪孽的事，还说我对宗教一无所知、生长在一个道德败坏的环境里并不是我的错。他让我不要难过，把一切都告诉他，因为他从来没有辅导过一个如此作恶多端、不辨善恶的小孩。于是我绞尽脑汁思考哪些是我最丑恶的罪过。那时候，空荡荡的教堂里只有我们两人面面相觑，我不知该说些什么，便开始回忆从前看过的电影，接着从沙哑的胸腔里抛出一系列的故事：我抢劫了一个庄园，卷走了那里全部的钱财和母鸡；我用鞭子不断地抽打一个可怜的瞎老头；我向一个警察的后背捅过刀子；我扒光了一个姑娘，还咬了她的脸。神父举起手臂，在胸前画十字，他感慨之前对我祖父的了解只是冰山一角，接着撒腿跑了出去，仿佛我就是他们口中说的小魔鬼。

这一回，姨妈赶在我起床前就怒气冲冲地闯进了我的卧室。我还以为是家里着火了。她推开一扇扇门，嚷着我的名字。我醒过来，见她在我眼前张着手臂。然后她坐到我的床边，说我嘲弄了尊贵的神父，而更糟糕的是，我编出所有的谎言都是为了掩盖真正的罪孽。我只是看着她，脑袋晕晕乎乎的，感觉她的身影在左右摇晃。

"你为什么不说实话呢？"她说，接着抓住我的手。

"什么实话，姨妈？我不懂你的意思。"

于是她抚摸我的头，把我的手抓得更紧：

"实话就是你看到你祖父和那个女人做不正当的事。"

我满脸糊涂，她仍然不相信，但我发誓我没懂她想说什么。她继续哽咽地说着话，我更懵了，她开始大哭大叫道："他们两个一起。行罪孽之事。做爱。在床上。"

原来是这回事。"这是当然啊，他们两个一起睡觉。祖父说男人永远不应该一个人睡觉，否则就会憔悴，女人也是一样。"

姨妈用手捂住我的嘴。我们这样僵持了好一会儿，我都快要憋死了。她用很奇怪的眼神看着我，然后起身，一句话都没说就非常缓慢地离开了。我继续倒头大睡，她也没再回来叫醒我去望弥撒。一整个上午没人打扰，我在床上躺到了午饭的时间，一直盯着天花板放空。

天井里有很多小蜥蜴。我已经发现，如果有人盯着它们，它们就会变成石头或树的颜色来伪装自己。不过我熟知这把戏，它们逃不过我的眼睛。今天我花了一个小时追踪、捉弄它们，它们还以为我不得要领。但我知道，全部诀窍就在于盯住它们亮漆大头钉似的黑色眼睛，因为那里无法伪装，而且总在不停地开开闭闭，就像十字路口时亮时灭的信号灯。我用这种方法盯住一只，过会儿又换一只，然后在兴起的时候（例如现在）伸手抓住它们，感受它们在我的拳头里颤抖：每一只都有平滑的腹部和褶皱的背脊，它们很小但鲜活，有和人类一样的生命力。它们要是知道我并不会伤害它们，也许就不会把肚子抖得这么厉害，但事情就是这样，我也没办法让它们放心。令它们恐惧的恰恰让我开心。我把一只紧紧地握在手里，姨妈在楼上的走廊看我，不明白我在忙什么。我跑上楼，上气不接下气地来到她的面前。她问我在做什么。为了不让她察觉，我摆出严肃的样子。天很热，她正站在阴凉处扇风。我把拳头握紧，伸向她，她挤出一个笑容，我能看出她笑得很勉强。她打开手掌，抓住我的手，我就把小蜥蜴放在她的手上，并让她握起拳头。出乎意料的是，她没有吓得尖叫，没有骂我，也没有扔掉蜥蜴。她只是把拳头攥得更紧，闭上了眼睛。她好像欲言又止，鼻子微微颤抖，用一种我从未见过的眼神看向我，好像又想哭又想笑。我和她说，可怜的小蜥蜴要憋死了，贝内迪克塔小姐才蹲了下去，终于不情愿地松开了手指，让小家伙顺着地砖逃跑，接着爬上墙壁，消失不见。那时候姨妈变了脸，撇了撇嘴，我看她表面上像要发作，但又不像真的生气。我缩着肩膀偷笑，然后就装作没事人一样，跑回天井去了。

　　一整个下午我都在房间里无所事事。我感觉很疲惫，昏昏沉沉的，因为我即将要大病一场。我想大概是这座幽暗的房子里缺少阳光、空气不流通的缘故。我突然觉得心烦意乱：我需要木材厂、米卡埃拉的甜点、祖父的鸟、他对神父们的嘲弄、晚饭时的笑声，需要在每个早晨跑进祖父的卧室。我意识到，在莫雷利亚的生活一直像是度假，在这儿憋了一个多月，我已经厌倦透了。

晚些时候，我离开卧室去吃晚饭。姨妈已经在主位就座，手上拿着黑色手帕，我也坐到自己的位置上。我是有意迟到的，但她没有责备我。相反，她看上去面带微笑、和蔼可亲。但我只想撒一通气，然后回到乡下去。

"我给你准备了惊喜。"

她给了我两个扣在一起的盘子，我揭开盖子，看到一整盘奶油。

"厨娘告诉我你很喜欢这个。"

"谢谢你，姨妈。"我很郑重地回答她。

我们安静地用餐，到了餐后喝加奶咖啡的时候，我终于开口说，我已经厌倦了在莫雷利亚的生活，希望她允许我回去和祖父住，在那儿我过得更自在。

"不知好歹。"姨妈说，用她的手帕擦了擦嘴。我没吭声。她又重复道："不知好歹。"

之后，她终于起身走向我，嘴里重复着那个词。她抓住我的手，我还保持着正襟危坐的姿态。她用那只又长又瘦的手扇了我一巴掌，我忍住眼泪，她又打了我一巴掌，然后突然顿住，摸了摸我的额头，瞪大眼睛说我发烧了。

我大概烧得很厉害，浑身无力，膝盖发软。姨妈把我带回卧室，让我脱衣服，说她这就去找医生。但实际上，她一直回头看着我脱下蓝西装、白衬衫和内裤，颤抖地钻进被窝。

"你不穿睡衣吗？"

"不，姨妈，我一直穿汗衫睡。"

"你都发烧了！"

她张牙舞爪地离开房间。我在床上哆哆嗦嗦，想要入睡，烧得厉害真不是说着玩儿的。结果我很快睡着了，祖父的鸟儿一齐飞了出来，因为终获自由叽叽喳喳、欢天喜地；蓝天上布满如闪电般转瞬即逝的橙色、红色和绿色；鸟儿们受了惊吓，仿佛都想回到笼子里去；之后，真正的闪电降临，鸟儿们在夜晚冻僵了，不能再飞远，并且在慢慢变黑，羽毛都脱落下来，也不再歌唱；等风暴过去、天亮起来，它们变成了那队神学院的学生，正穿着教士服，朝教堂行进。医生测了测我的脉搏，贝内迪克塔姨妈满面愁容。后来，医生在我半梦半醒中离开了，姨妈说：

"来，背过身去。我得给你搽药。"

我感受到那双冰冷的手在我滚烫的皮肤上游走。祖父挥舞着拐杖，向神父们骂脏话。药膏的味道很呛。他让狗群扑向神父。是蓝桉和樟树的气味。狗只是惊恐地吠着。她很用力地搽，我的后背开始燃烧。祖父大喊，但嘴巴里没发出任何声音。她又在我胸前涂抹，味道变得更强烈了。狗群狂吠，却也没发出任何动静。我整个人浸在汗和药膏里，全身都是烧灼的感觉，我想睡，旋即昏睡过去。那只冰冷的手在我的肩膀、肋骨和腋下摩挲。接着狗群愤怒地冲了出去，用尖牙死死咬住那群一到夜晚就变成鸟的神学院学生。我胃中的烧灼感不亚于前胸后背，姨妈不断地搽药为我治疗。神学院学生们卸下牙齿，大笑着张开双臂，像黑鹫一样飞上了天，在天上继续狂笑不止。我也和他们一起满足地笑了起来，病痛给我注满了快乐，我希望她别停下，继续为我搽药，我抓住她的手，发热与药膏在我的大腿上灼烧，狗群在田野上奔跑，如丛林狼般嗥叫。

再次醒来时已经将近第二天日暮，我睁开眼睛看到门帘外、天井里的阴影。接着我看见她坐在床头，劝我吃点东西，并把勺子伸向我的嘴唇。我尝了一口燕麦，看向姨妈：她的头发散落在肩头，脸上的微笑像在表达对我的感激。我像个婴儿一样任由她一勺一勺地喂食，告诉她我感觉好多了，感谢她的照料。她脸红了，还说我终于意识到这个家里也有人喜欢我。

我大概卧床了十天。开始的几天里，我不停地阅读大仲马的小说，这些书如冲刷土壤的雨水一般带走了我的支气管炎。姨妈的样子很奇怪，她总是偷偷摸摸地出门买书，拿给我时也是小心翼翼的。我只是耸耸肩膀，肆意地投身于绝妙的故事之中：一个男人装死逃出监狱，被抛入海中，而后他向基督山游去。我从来没有读过这么多书，慢慢感觉到疲惫、无聊，我观察着卧室墙上来来去去的光影和其中流走的时间，陷入了沉思。旁观的人或许会以为我很平静，但我心里有许多事想不通。在去留的抉择上，我不像原来那样肯定了。要是在以前，我一定会飞奔着离开，去和祖父团聚。现在我想不清楚，下不了决心。而且不管我怎样努力回避，用其他事分散注意力，这个问题依旧挥之不去。当然，如果有人来问我，我会回答"回乡下"，可是我的内心并不那么确信。我第一次发现自己的想法表里不一。

我不知道姨妈在这中间扮演了什么角色，也许毫无关联。她看上去似乎和以前没什么区别，可实际上她变了许多。她亲自端着托盘进来，给我量体温，看我吃药。我用余光偷偷看她，发现她看起来越是悲伤，内心就越是高兴，看上去越是高兴，实际就越想哭，或者有其他不对劲的；如果她坐在摇椅上扇风，看上去正在悠然自在地休息，我便越感觉她的内心有所期盼，而若是她忙来忙去、说个不停，我便越觉得她无思无虑，或许很想离开我的卧室，回她的房间独处。

这样过了十天，我再也受不了身上的臭汗、污垢和直挺黏腻的头发。姨妈说我已经康复，可以洗澡了。我兴奋地跳下床，但好家伙，突如其来的眩晕让我差点摔倒。姨妈跑过来，抓着手臂把我扶起来，搀着我走进浴室。我晕晕乎乎地坐下，她打开水龙头，调整水温，用手指搅了搅，将水放满浴缸。之后她让我泡进水里，我让她出去，她问为什么，我说我害羞。

"你还是个小孩呢。你就当我是你妈妈，或者是米卡埃拉。她从来没给你洗过澡吗？"

我说洗过，不过那时我还很小。她说现在也一样，说自己差不多算是我的妈妈，在我生病的时候她也把我当儿子一样照顾。她靠近，开始解我的睡衣，哭着说我让她的生活变完整了，还说哪天会给我讲讲她的生活。我尽可能地遮住自己的身体，迈进浴缸时差点滑倒。她开始给我打肥皂，像那天晚上一样地在我身上摩挲，她很清楚我喜欢这样，我就任她处置。她说我不懂得什么是寂寞，还把这话重复了好多次，然后说去年圣诞的时候我还是个小孩。水很温暖，身上涂满肥皂让我感觉很舒服，她用手抚摸我，为我洗去生病带来的疲惫。她比我更先知道我已经克制不住，于是把我从浴缸里拉起来，看着我，抱紧我的腰。

如今我已经在这儿住了四个月。贝内迪克塔让我在人前叫她"姨妈"。我喜欢在半夜或是凌晨时悄悄溜过走廊，昨天还差点被厨娘抓个正着。有时我也觉得厌烦，特别是当贝内迪克塔又哭又喊、张开手臂跪倒在十字架前的时候。我们再也没去望过弥撒、领过圣餐，也没人再提起要送我去学校。但无论如何，我还是想念和祖父一起的生活。我写过一封信，让祖父快点来接我，说我需要木材厂、鸟和欢乐的晚餐。但我始终没把信寄出去。我只是每天往信里加几句话，也委婉地讲些下流段子，看老头儿能不能嗅出端倪。但是我没把信寄出去。我不知道应该如何描述贝内迪克塔现在的美貌，她变了许多，已经不再是在乡下的那个穿着丧服的呆板小姐。我还想告诉米卡埃拉和祖父，贝内迪克塔也有亲昵的一面，她的身子柔软、雪白，眼睛又大又亮，和以前大不相同。唯一不好的是她有时会呻吟、哭泣、不停地扭动。我不知道自己究竟会不会把信寄出去。今天我着实吓了一跳，甚至都写好了落款，但还是没有把信封封上。今天贝内迪克塔和米拉格罗斯姨妈在客厅窃窃私语了很久，就在那个有人经过时会窸窣作响的珠帘后面。米拉格罗斯姨妈的那只眼睛还是不住地抖，她来到我的房间，开始抚摸我的头发，问我愿不愿意去她家里住一段时间。我当时只是做出严肃的神情，后来才开始考虑，但其实我也不知道要考虑些什么。我在写给祖父的信中又加了一段话："你们快来接我吧，拜托。我发现反倒是乡下更讲道德。之后我再仔细和你说。"我又一次把信塞进信封。但我还没有决定要不要寄出去。

生活的代价

致费尔南多·贝尼特斯[1]

萨尔瓦多·伦特里亚起得很早。他没有打开热水器，径直跑过天台，脱下内裤。冰凉有力的水流让他感觉很舒服。他用毛巾擦干身体，回到房间。安娜在床上问他不吃早饭吗？萨尔瓦多回答说会出门喝杯咖啡。安娜已经卧床两个星期，红糖色的脸颊明显消瘦了。她接着问萨尔瓦多办公室有没有来信，萨尔瓦多把一支烟叼在嘴上，回答说他们要她本人去签字。安娜叹了口气说：

"他们想干什么？"

"我已经告诉他们你暂时去不了，但你也知道他们是什么样的人。"

"医生怎么说？"

萨尔瓦多把没点燃的香烟顺着玻璃窗的破口扔了出去，他的手指捋过小胡子，接着覆上太阳穴。安娜微微一笑，背靠在床头的黄铜栏杆上。萨尔瓦多坐到她身旁，握住她的手，劝她别担心，很快就能回去上班了。

两人默默地望着房间里的木质衣橱、装工具和食品的柜子、电炉、洗手盆和成堆的旧报纸。萨尔瓦多吻了吻妻子的手，离开房间，顺着专用楼梯爬下天台，接着穿过一层的天井。他闻到从邻居家的厨房里飘出来的混杂味道，经过走廊里的旱冰鞋和几只狗，出了楼。楼口的商店以前是这里的车库，萨尔瓦多走了进去，老店主告诉他，西班牙语版的《生活》[2]杂志还没到，然后踱着步子打开了几个书柜的锁，指着一个摆满连环画的架子说：

"这儿兴许有其他适合你妻子的杂志。人在卧床的时候容易无聊。"

萨尔瓦多离开商店。街上窜过一群拿着玩具手枪射击的小孩，后面跟着一位赶羊的牧人。萨尔瓦多跟他买了一升奶，嘱咐他送到 12 号去，然后把手插进口袋，仰面朝天地往前走，为了赶上公交车小跑了几步。他登上行进中的公车，从粗呢外套的口袋里翻出三十分钱，找座位坐下，望向路边匆匆掠过的圣弗朗西斯科·霍科

1 费尔南多·贝尼特斯（Fernando Benítez，1912—2000），墨西哥记者、作家、编辑、历史学家，墨西哥文化新闻业奠基人，他的作品《老国王》（*El rey viejo*，1959）被认为是墨西哥的第一部历史小说。富恩特斯少年时便与贝尼特斯相识，结为好友。
2 《生活》（*Life*），美国的老牌周刊杂志，1952 年起在拉丁美洲及美国本土的多个城市发行西班牙语版。

蒂特拉[1]的风景：柏树、楼房、栅栏和积满灰尘的街道。公车沿铁道行驶在诺诺阿尔科桥上，扬起铁轨上的烟尘。他坐在木质座椅上，看一辆辆车满载货物驶进城市。一位检票员在曼努埃尔·冈萨雷斯站[2]上车查票，萨尔瓦多在下一个街口下了车。

他沿巴耶霍大道的方向走到父亲家，穿过长满枯草的小花园，推开房门。克莱门西亚向他问好，萨尔瓦多问她老头儿起没起床，佩德罗·伦特里亚从卧室和小客厅间的隔帘后探出头来，对儿子说："你起得可真早！等我一下，马上就好。"

萨尔瓦多的手在椅背上摸来摸去。克莱门西亚用掸子掸了掸粗糙的松木桌面，从玻璃橱柜里取出一块桌布和几个陶盘。她亲昵地询问安娜的近况，隔着花睡袍整了整胸罩。

"她好点了。"

"得找个人照顾她吧。要是她不那么吹毛求疵……"

两人对视了片刻，而后萨尔瓦多看向被屋顶渗水浸得斑斑驳驳的墙壁。他掀起帘子，走进乱糟糟的卧室。

---

1 位于墨西哥城北部的村镇。
2 主人公坐在进城方向的公交车上，从墨西哥城北部开向市中心。

他父亲正在冲洗脸上的肥皂泡。萨尔瓦多把胳膊搭在父亲肩上，吻了吻他的额头，佩德罗捏捏儿子的肚子。镜中的两人相互注视：他们长得很像，但父亲的头发更稀疏、拳曲一些。他问儿子怎么这么早就来了，萨尔瓦多回答说再晚就来不了了，他说安娜的身体很糟，这个月都没办法去工作，他们需要钱。佩德罗耸耸肩膀，萨尔瓦多说他不是来借钱的。

"我想请你去和老板说说，也许他能帮忙，给我一份工作。"

"这谁说得准呢。帮我弄一下背带。"

"我是真的钱不够了。"

"你别急，船到桥头自然直，让我想想还有什么办法。"

佩德罗系好裤子，拿起床头柜上的司机帽，拥着萨尔瓦多，把他领到餐桌前。克莱门西亚摆在桌子中间的农场煎蛋[1]散发出诱人的香气。

"你也来点，孩子。我多想帮你啊。但你也看到了，克莱门西亚和我都过得凑凑合合的，前提还是我在老板家吃午饭和下午的加餐，省下了一点钱。否则……我生来就是可怜虫，到死也不会好到哪儿去。你想想，

---

1 一种墨西哥传统早餐，由玉米饼和煎蛋组成，上方浇有红色的辣椒和番茄酱，并配以菜豆泥等。

像堂何塞那样铁石心肠的人，我要是向他拜托私事，回头他再向我要好处，涨薪水就更别想了。相信我，孩子，我必须挣到他那二百五十比索。"

他吞下一口蘸满酱汁的玉米饼，放低声音说：

"我知道你很在意你妈妈留下的印记，我也是啊，这都不用说。但供养两套房子还不如住在一起，省下一份租金……好吧，当我没说。不过你告诉我，你们干吗不搬去和你岳父岳母一起住？"

"你也知道堂娜孔查是个什么样的人。成天唠唠叨叨，说安娜就应该这样那样。你也知道，我们就是因为这个才搬出来的。"

"既然你想要独立，就得吃苦了。别担心，我会想到办法的。"

克莱门西亚用围裙擦了擦眼睛，在父子中间坐下。

"孩子们呢？"她问。

"在安娜父母那儿，"萨尔瓦多回答，"安娜养病期间，他们得在那边住一段时间。"

佩德罗说他得送老板去阿卡普尔科[1]。"你有什么事就找克莱门西亚。啊我想到了，你去找我的老朋友胡安·奥尔梅多，他经营一小队出租车。我提前打电话知

---

[1] 位于墨西哥中南部的格雷罗州，是重要的港口城市。

会他。"

萨尔瓦多吻了父亲的手，和他告别。

萨尔瓦多推开一扇毛玻璃门，走到接待处。那儿有一位女秘书和一位会计助理，还有一些钢质的办公用品、一台打字机和一台打印式计算器。他报上名字，秘书去奥尔梅多的办公室通报，然后请他进去。奥尔梅多身材瘦小。二人在一张矮桌前的皮椅上坐下，桌面的玻璃板下压着一些酒宴和庆典的照片。萨尔瓦多说他需要一份工作，用于贴补低微的教职工资，奥尔梅多便开始在几个大黑本中翻找。

"你很走运，"他挠了挠毛茸茸的尖耳朵，说道，"有一班时间不错的活儿，晚七点到十二点。大家都知道我爱惜职员，很多人想要这份工作。"他干脆地合上大黑本，"但因为你是我的老哥们佩德罗的儿子，我就把这份工作给你了。今天就开始。你要是努力拉活儿，一晚上就能挣个二十比索。"

几秒钟的沉默，萨尔瓦多只听到敲击计算器的嗒嗒声和十一月二十日大道上马达的轰鸣声。奥尔梅多说他得离开一下，叫萨尔瓦多一同出门。他们默默地乘电梯下楼，走到街上。奥尔梅多嘱咐他，每次顾客下车办事的时候都要重新打表，说以前就有司机犯过傻，只收一次起步价就载着客人满世界跑了一个小时。他抓着萨尔瓦多的胳膊肘，两人进了联邦特区政府[1]，走上楼梯，奥尔梅多继续说着不允许沿途上客的事。

"这儿停一下，那儿停一下，一会儿工夫都从维亚区开到佩德雷加尔区[2]了，只赚到一块五的起步价。就是因为到处停！……"

奥尔梅多拿了几块软糖给那儿的秘书，麻烦她向主任办公室通报一声。秘书微笑着接过软糖，走进办公室。奥尔梅多和其他几位职员开玩笑，邀请他们周六去喝啤酒、玩多米诺骨牌。萨尔瓦多与他握手致谢，奥尔梅多说：

"你有正规的驾照吧？我可不想惹上交管局的麻烦。你今晚七点前到岗，在楼下找托里维奥，他负责调度。他会告诉你是哪辆车的。不要拉一比索的短活儿，你懂的，那还不够磨车门呢。也绝不允许中途停车不打表。只要乘客下车，哪怕是去街上吐口唾沫，也要重新打表。替我向你老爹问好。"

萨尔瓦多瞅了眼主教堂上的钟：十一点。他在拉梅

---

1 联邦特区政府（Departamento del Distrito Federal，缩写 DDF），1928 年至 1997 年间墨西哥城的政府管理机构。
2 维亚区和佩德雷加尔区分别位于墨西哥城的最北和最南端，相距近三十公里。

尔塞德市场逛了一会儿，心不在焉地看着装满货箱的西红柿、橙子和南瓜，然后挨着广场上喝啤酒、翻体育报的装卸工人坐下，抽了一会儿烟，又觉得无聊了，就往圣胡安·德莱特兰地铁站走。一位姑娘走在他前面，手上挎着的小包掉在地上，萨尔瓦多赶忙帮她捡起。姑娘笑着致谢，萨尔瓦多抓住她的胳膊说：

"一起喝杯柠檬水？"

"抱歉，先生，我不太习惯……"

"请原谅，我也不想冒犯您。"

姑娘迈着又碎又急的步子继续往前走。她穿了一条白裙子，胯一扭一扭的，一边走一边侧眼浏览街边商店的橱窗。萨尔瓦多远远地跟着她。姑娘在卖冰激凌的小车前停下，要了一根草莓冰棍。萨尔瓦多抢先一步付了钱，她笑着感谢他。两人走进一家冷饮店，坐进一个隔间，点了两杯苹果汽水。她问他是做什么的，他让她猜猜并像拳击手那样挥了挥拳头，她猜是拳击手，他笑了，说他小时候经常在"六年计划"体育场[1]训练，不过他实际上是名教师。她说她在一家影院的售票处上班，接着一挥胳膊，打翻了汽水瓶，两个人大笑起来。

---

1 位于墨西哥城北部的一大体育中心，命名来自墨西哥一届六年的总统任期。

他们登上一辆公车，一路都没说话。到了查普尔特佩克公园门口，他拉着她的手下了车。公园的路上有些缓慢行驶的汽车，很多是载满年轻人的敞篷车。许多女人拽着、抱着、推着小孩走过，孩子们咂摸着冰棍和棉花糖，气球小贩吹响哨子，凉棚下有支乐队在演奏。姑娘说她喜欢猜这些在公园溜达的人都是什么职业，并笑着用手指逐个示意：黑色西装或是敞开的宽松衬衫，皮鞋或是凉鞋，棉质裙子或是亮片衬衫，条纹 T 恤，漆皮高跟鞋，她说他们是木匠、电工、女职员、派送员、老师、女佣、小贩。他们走到湖边，上了一艘小船。萨尔瓦多脱下粗呢上衣，卷起袖子。姑娘把手指伸进湖水，闭上眼睛。萨尔瓦多一边划船一边用口哨吹出好几段不成曲的旋律，而后停下动作，碰了碰姑娘的膝盖。她睁开眼睛，整理了一下裙子。两人回到岸上，姑娘说她得回家吃饭了。电影院售票处十一点关门，他们约定第二天的那时候再见。

　　萨尔瓦多走进基科斯餐馆，在一张张铺着油布的圆腿桌子间找他的朋友。他远远地看到了瞎子马卡里奥，过去坐到他身边。马卡里奥让他往点唱机里投一枚二十分的硬币。很快，阿尔弗雷多也到了，三个人点了夹鸡肉和牛油果酱的玉米饼和啤酒，听着点唱机播放的歌曲:"忘恩负义的女人,把我狠心抛弃,奔向一个更有男子气概的人"[1]。他们还是老样子,回忆回忆青葱岁月,再聊聊街区里最漂亮的姑娘——罗莎和蕾梅黛丝。马卡里奥戳戳他俩,让他们继续讲。阿尔弗雷多说现在的小孩真猛,还会动刀什么的,他们当年可不这样;回头想想,他们当时都傻乎乎的。他回忆起当年理工学院[2]那伙人向他们约战足球——其实是想揍他们一顿,结果球赛蔓延到米尔托街的空地,演变成一场拳击赛。马卡里奥挥着棒球棍登场,理工学院那伙人看到他瞎着眼睛用球棒胖揍他们的架势,一个个都吓傻了。马卡里奥说,他就是从那时起和大家成了铁哥们。萨尔瓦多补充说,尤其印象深刻的是他当时翻着白眼、耳朵通红的模样,说着都要笑昏过去。马卡里奥说最好笑的是他,打他十岁起,他爸爸就让他放宽心,说他的肥皂厂经营得风生水起,儿子这辈子都不需要工作,所以马卡里奥便只顾强身健体,练习防身的本事。他说,那时候收音机就是他的老师,他的嗓音和搞笑的段子都是从广播里学来的。接着他们回忆起铁哥们雷蒙多,沉默了一会儿,又要了几瓶啤酒。萨尔瓦多向外望望,说他和雷蒙

---

1 来自墨西哥著名歌手、演员豪尔赫·内格雷特(Jorge Negrete,1911—1953)的经典歌曲《美丽心泉》(*Hermosas fuentes*)。
2 指墨西哥国立理工学院(Instituto Politécnico Nacional,简称 el Poli)。

多在考试季的晚上会一起走回家，雷蒙多向他请教代数难题；分别前，雷蒙多在苏伊万街和拉蒙·古斯曼街的路口停下脚步，对他说：

"你知道吗？走这段路让我害怕。现在差不多到了街区的边缘，再往前走就不知道会遇上什么。因为你是我的铁哥们我才告诉你。这段路真让我害怕。"

阿尔弗雷多记起毕业的时候，家里把旧汽车送给他，他们几个就一起去喝遍了城里的小酒吧，大肆庆祝。他们都醉得不成人形，雷蒙多说阿尔弗雷多的车技不好，开始和他争抢方向盘，结果险些在改革大道的一片街心环岛翻了车。雷蒙多说他想吐，一打开车门就摔在大街上，折断了脖子。

他们结了账，相互告别。

萨尔瓦多下午上了三节课，因为在黑板上画墨西哥地图的缘故，下课时他的手指上沾满了粉笔灰。课后孩子们离开教室，他穿过课桌，坐到最后一排的座位上。教室里唯一的灯垂在一根长长的电线上。他出神地望着标示出山脉、河流、沙漠和高原的彩色线条。他总是画不好，尤卡坦半岛画得太长，下加利福尼亚半岛又太短。教室里有一股锯末和皮包的气味。五年级的老师克里斯托瓦尔在门口探头问他："你怎么了？"

萨尔瓦多走到黑板前，用一块湿布擦掉了地图。克里斯托瓦尔掏出一包烟，两人抽了起来。他们把粉笔头装回盒子里，走过时地板发出吱吱呀呀的声音。他们坐下等待，其他的老师很快也来了，最后到的是杜兰校长。

校长坐在讲台上，用他的黑眼睛扫视下面的老师，老师们则坐在课桌边，抬头看向这位皮肤黝黑、穿戴着蓝色衬衫和紫色领带的校长。校长说他们之中并没人饿死，况且所有人都活得不容易。老师们愤愤不平，其中一位说他下课后在公交车上做检票员，一位说她晚上在圣玛丽亚·拉雷东达的一家小吃店干活，还有一位说他用自己的积蓄开了一家杂货店，来上课纯粹因为念着情分。杜兰说他们这样做会损失工龄和抚恤金，甚至直接丢了工作，警告他们不要冒险冲动。大家起身离开，萨尔瓦多眼看已经六点半，赶紧跑了出去，横穿车流，登上一辆公交车。

他在宪法广场下车，步行至奥尔梅多的办公室。托里维奥说七点钟交班，让他稍等片刻。萨尔瓦多倚在办公室边上，展开一张墨西哥城地图。他研究了一会儿，把地图合上，接着翻看了一会儿账本。

"怎样更划算？去市中心还是其他新区揽客？"他

问托里维奥。

"远离市中心可以开得更快，不过也更耗油。记住，油费是你自己付的。"

萨尔瓦多笑了："也许在酒店门口能接到支付丰厚小费的美国佬。"

"你的车来了。"托里维奥在办公间里告诉他。

"你就是那个新来的？"开车的胖司机喊道，他用一块破布擦了擦额头的汗，下了车，"给。起步挂挡的时候轻着点，有点涩了。你得自己关门，否则车门就该完蛋了。交给你了。"

萨尔瓦多坐进车里，把笔记本放进储物盒，用抹布擦掉方向盘上的油渍。座位还热乎着。他下车，又用布擦了擦挡风玻璃，然后坐上车，调整好后视镜的角度，发动，抬起计价器。他手心冒汗。一驶入十一月二十日大道就有个男人拦车，请他开去宇宙影院。

男人在电影院门口下车，克里斯托瓦尔从车窗探头进来，说："真巧！"萨尔瓦多问他在忙什么，克里斯托瓦尔回答说自己正要去位于里维拉·德圣科斯梅大道的弗洛雷斯·卡兰萨先生的打印店。萨尔瓦多提出送他过去，克里斯托瓦尔上了车，但声明不用友情载客，他会付钱给他。萨尔瓦多笑了，让他别客气。两人聊起拳击，并相约周五一起去墨西哥竞技场[1]看比赛。萨尔瓦多讲了讲他上午认识的那位姑娘，克里斯托瓦尔则说起了五年级的学生。他们到了打印店，萨尔瓦多把车停好后两人下了车。

他们穿过窄门，沿着又长又黑的走廊往里走。打印店在走廊尽头，弗洛雷斯·卡兰萨迎接了他们。克里斯托瓦尔问他传单是否已经印好，店主摘掉帽子，点了点头，并拿给他一张印有黑字和红字的罢工传单。店员把四个包裹交给他们。克里斯托瓦尔结账，萨尔瓦多拿了两个，先往外走。

他沿着那条又长又黑的走廊向外走，远远地听到里维拉·德圣科斯梅大道上车流的声音。走到一半的时候，他感觉肩膀上被人拍了一下，有声音说："慢点儿，慢点儿。"

"抱歉。"萨尔瓦多说，"这里太暗了。"

"暗？过会儿就全黑了。"

那个男人叼了一支烟在嘴上，笑了笑，萨尔瓦多只道："晚上好，先生。"但那只手又一次拍了拍他的肩膀，男人说萨尔瓦多应该就是唯一那位还不认识他的小老师。萨尔瓦多有点上火，说他着急要走，那人说：

---

1 墨西哥竞技场（Arena México），位于墨西哥城中部，被视作墨西哥自由摔角的殿堂。

"知道 D. M.[1] 吗？正是在下。"

萨尔瓦多看见走廊入口处亮起了四支香烟，他把两个包裹紧紧地抱在胸前，回头看见打印店的门口也亮起了一支香烟。

"人称 D. M.，野哥。明白？你大概听说过。"

萨尔瓦多的眼睛慢慢适应了黑暗，他隐约分辨出，那人戴着宽檐帽，手正抓着他怀里的一个包裹。

"开场白足够客气了。传单拿来，小老师。"

萨尔瓦多摆脱掉那只手，后退了几步。身后的那支烟头向他靠近。脚踝的位置感到一股湿气正涌入走廊。萨尔瓦多向四周张望。

"让我过去。"

"把传单交出来。"

"你得把它们留下，呆子。"

萨尔瓦多感觉身后的烟头几乎贴上了他的脖子，接着听见克里斯托瓦尔的叫声。他扔下一个包裹，用空出的手朝那个男人的脸挥去，拳头感受到被砸扁的香烟和滚烫的烟头。而后他看到那张混着血和唾液的脸朝他冲来，萨尔瓦多攥紧拳头，猛地挥出。他看到一把折刀，

─────────────

1 D. M. 是这个男人的称号 Desmadre 的缩写，直译"没娘养的"，形容人做事没有分寸、教养，常犯浑，爱冲撞人。

104

接着感觉那把刀插进了他的胃里。

男人慢慢地拔出折刀，把指节按得嘎吱响。萨尔瓦多张着嘴倒在地上。

纯洁的心灵

致贝尔塔·马尔多纳多[1]

然而，纯洁心灵的无意识不轨活动
要比不道德行为的鬼花样奇特得多。
雷蒙·拉迪盖[2]，《德·奥热尔伯爵的舞会》

胡安·路易斯，我坐上了从火车站开往机场的巴
士，心里想着你。我故意提前出发，是因为不想太早见
到与我们同乘一架飞机的旅客。这班车上坐的是要乘意
大利航空飞往米兰的人。再过不到一个小时，乘坐法国
航空前往巴黎、纽约和墨西哥的旅客就该来坐巴士了。
我害怕自己哭出来、崩溃或者做出别的什么可笑的事，
之后就得忍受他们长达十六个小时的眼神和议论。没有
理由让他们知道那件事，你也觉得这样更好，不是吗？
我始终把那看作一个私密的举动，你那么做并非为
了……我也不知道自己为什么在想这些。我无权代你做
任何解释，恐怕也无权以我的立场为你申辩。我又如何

了解呢，胡安·路易斯？我怎么能为我们辩解，贸然地承认或否定，你是因为那一刻的或是长久以来的绝望、痛苦、思念或希望而选择那样做？我不知道你在何时、是如何下定决心，也许是童年的时候，谁知道呢？

天气真冷。山区刺骨的冷风如死亡的气息般拂过城市和湖泊。巴士逐渐温暖起来，在晨雾中缓缓开动，我还是用大衣衣领裹起半张脸，好留住身上的温热。巴士经一条隧道驶离科尔纳万车站[3]，走上机场方向的公路，与莱芒湖渐行渐远，我明白很快就要看不到这片湖水和日内瓦的桥了。我们经过城市里不甚美观的区域，那里是季节工的聚居区，他们从意大利、德国和法国来到这片没有炸弹、折磨、杀害和欺骗的乐土。巴士让人感觉整洁、舒适，你初到时就注意到了这点。我用手擦了擦起雾的小窗，看到这些简陋凋敝的房屋，心想即便如此，屋内的生活也并非注定不幸。你有一次来信提到，瑞士终是给了我们太多的安慰，以至于让我们忘记祖国随处可见、令人蒙羞的两极分化。胡安·路易斯，你在最后

1　贝尔塔·马尔多纳多（Berta Maldonado），《墨西哥日报》（*La Jornada*）撰稿人、社会活动家，绰号"辫子"（La Chaneca），与富恩特斯、加西亚·马尔克斯、埃莱娜·波尼亚托夫斯卡等人交好。
2　雷蒙·拉迪盖（Raymond Radiguet，1903—1923），法国作家。《德·奥热尔伯爵的舞会》（*Le Bal du comte d'Orgel*）在其身后出版，讲述一个贵族青年对一位冰清玉洁的伯爵夫人的爱恋与追求，表现"爱情总是无望，爱情总是不幸"的主题。引言原文为法语，译文参考沈志明译本。
3　瑞士日内瓦最主要的铁路车站。

一封信里讲到，这里的火车准时准点，交易诚实守信，工作按部就班，人们终生节俭。我从前没来过这里，但能想象得出，我们始终心有灵犀。你说这里的一切看上去井井有条，以至于需要用内心的躁动补充。我笑了出来，胡安·路易斯，我努力克制眼泪，结果表情扭曲地笑了起来。乘客们都看向我，开始窃窃私语。这正是我想避免的，幸好他们都是飞往米兰的。我笑着回想你抛下咱们家里熟悉的生活，从墨西哥奔赴瑞士，投向无序的自由。你懂我的意思吗？舍弃一个刀锋染血的国家中的安稳日子，来到一个有布谷鸟钟的国家过自在的生活，你说这多好笑。对不起，都是过去的事了。侏罗山高耸的灰色峭壁俯瞰着这片由它生发的湖水，在水面徒劳地寻找自己的影子。我望着积雪的顶峰，试图让自己平静下来。你曾在信里告诉我，每逢夏日，这片湖水就成了阿尔卑斯山的眼睛，湖映着山，把它变成一座浸在水中的宏伟教堂。你还说你潜入湖水，探寻这片山脉。你知道我随身带着你的信吗？在从墨西哥出发的飞机上，在日内瓦的日子里，我在任何空闲的时候读你的信。在回程的飞机上我也会重温它们，不同的是这次有你陪着我。

我们一起去过许多地方旅行，胡安·路易斯。小时候我们每个周末都会去库埃纳瓦卡[1]，那时爸爸妈妈还有那幢覆满九重葛的房子。你教我游泳、骑自行车。我们每周六的下午都骑车去乡下，我通过你的眼睛认识一切。"瞧，克劳迪亚，那是风筝，瞧，克劳迪亚，树上有上千只鸟，瞧，克劳迪亚，那是银手镯，那是宽檐帽，那是柠檬雪冰，那是青铜雕像，快来，克劳迪亚，咱们去看摩天轮。"新年的时候，我们去阿卡普尔科度假，你早早叫醒我，带我跑去奥尔诺斯海滩，因为你知道那个时候的大海最美；只有那时，贝壳、章鱼、雕花的黑木块和旧瓶子才会被海浪卷到沙滩上。虽然心里清楚，大人不许我们把这堆没用的东西带回墨西哥城，它们都塞不进车里，我们还是尽可能地捡拾一切。奇怪的是，每当我试图回忆你十岁、十三岁、十五岁的样子，我总是立刻想起阿卡普尔科。或许是因为在其余的时间里我们各自上学，只有每年在海边辞旧迎新的时候，我们才有机会朝夕共处。我们在那儿扮演各种角色：在岩石的城堡里，我被吃人妖怪囚禁，而你举着一柄木棍宝剑攀援而上，喊叫着与幻想中的妖怪搏斗，把我营救出来。在巨大的海盗船上——其实是一条小木船——我被鲨鱼吓得无法动弹，等待你在海里打败它们。在"奎斯

---

1 墨西哥南部城市，莫雷洛斯州的首府。

塔之足"海岸的茂密丛林里，我们手拉手，按照瓶子里的地图寻找秘密宝藏。你一边走一边哼唱即兴创作的背景音乐，旋律慷慨激昂、高潮迭起。铁血船长[1]、桑德坎[2]、艾凡赫[3]：你的身份随冒险故事改变，而我永远是落难的无名公主，既典型又模糊。

只有一次例外：那年你满十五岁而我只有十二岁，和我一起玩让你觉得羞耻。我不能理解，因为你在我眼里还和以前一样：身材精壮，皮肤黝黑，栗色的鬈发被太阳晒得发红。不过，第二年我们又走到了一起，出入成双，只是不再捡贝壳、编造冒险故事。白天过得太快，晚上又不能见面，于是想办法待在一起成了一种诱惑，仿佛向我们打开了新世界的大门，创造出新的乐趣来。晚饭后，我们沿着海岸的礁石散步，手牵着手，默不作声，毫不关注那些围着篝火弹奏吉他的乐队和岩石间一对对拥吻的情侣。我们为他们感到遗憾，因为在晚上手牵手默默地散步才是世上最美好的事。我们对这一切心照不宣，只在静默中彼此传递暗号，也从不借机揶揄讥讽或是夸耀卖弄。我们严肃但并不故作庄重，对

---

1 拉斐尔·萨巴蒂尼（Rafael Sabatini，1875—1950）的小说《铁血船长》（*Captain Blood*，1922）的主人公，是一名海盗。
2 埃米里奥·萨尔加里（Emilio Salgari，1862—1911）笔下系列小说的主人公，出现在《马来海盗》（*I pirati della Malesia*，1896）等作品中，是一名海盗。
3 沃尔特·司各特（Walter Scott，1771—1832）的历史小说《艾凡赫》（*Ivanhoe*，1820）的线索人物，是一名骑士。

吗？我们在不知不觉中相互支持，我也不知道这如何解释，大概是因为脚下火热的沙子、夜晚寂静的大海，因为我们散步时胯部蹭在一起，因为你新买的合身的白色长裤和我新买的红色大摆裙：我们都改变了穿衣风格，也一起回避过朋友们的玩笑、戏弄和暴力。你知道吗，胡安·路易斯？大多数人都停留在十四岁——当然，别人这十四年不如我们的精彩。大男子主义者一辈子都没能跨过十四岁，真是又残酷又可怕。你很清楚这点，因为你也躲不过十四岁。我们慢慢长大，你逐一尝试了在那个年纪里人人都有的经历，你想要摆脱我了。正因如此，我理解你后来的决定。一连几年你都没怎么和我说过话，但我总从窗口窥视，看你和朋友们坐着敞篷车离开，又在半夜醉醺醺地回来。后来我进入文哲系，你进入经济系，有天下午你约我见面，没有按常理选在家里而是在"面具之家"[1]，请我在那间又热又挤的地下室喝了一杯咖啡。

你摸着我的手说："对不起，克劳迪亚。"

我笑了，感觉童年的那些时刻都在一瞬间涌了回来。然而它们的回归并非为了再续前缘，而像是终场谢幕，特意来告诉我，过去的永远过去了。

---

[1] 始建于 1766 年的殖民风格建筑，20 世纪中叶曾为墨西哥国立自治大学文哲系、音乐系、政治系等所在地。

"对不起什么？"我反问他，"我很高兴我们又说话了，这就够了。我们每天见面，但都对彼此的存在视若无睹。我们现在又是朋友了，就像从前一样，我真高兴。"

"我们不只是朋友，克劳迪亚。我们是兄妹。"

"没错，但那不是重点。你看，我们一直是兄妹，小时候亲密无间，后来却相互不理不睬。"

"我要离开这里了，克劳迪亚。我已经和爸爸说了。他不同意，认为我应该先完成学业。但我必须离开。"

"你要去哪儿？"

"我在日内瓦的联合国办事处找到了一份工作。我可以在那里继续学习。"

"真好，胡安·路易斯。"

你说了些我早就知道的事。你说你已经对这里忍无可忍：妓院，死记硬背的教育，僵化的大男子主义，爱国主义，人人都爱夸夸其谈，没有好电影，也没有与你年龄相仿、能和你一起生活的好姑娘……你倚着"面具之家"的咖啡桌，用低沉的声音慷慨陈词。

"我在这儿实在待不下去了。我是认真的。我既不想遵照上帝也不愿顺从魔鬼，只想一把火烧了这两头。但是在这儿不可能，克劳迪亚。只想自己过日子的人会被看作潜在的叛徒。这地方逼着你出力，逼着你站队，在这个国家你无权只做自己。我不想循规蹈矩地过活，不想做一个彬彬有礼、谎话连篇、独断、谄媚、细致、精明的人。再没有哪里像墨西哥这样了……谢天谢地。我不想再在窑子里寻欢作乐。还有，因为无法理解女人，便终身以粗暴、专制的情感对待她们。我不想这样。"

"妈妈怎么说？"

"她肯定会哭。我无所谓。她遇到什么事都哭，难道不是吗？"

"那我呢，胡安·路易斯？"

他露出了和小时候一样的微笑："你来看我啊，克劳迪亚，你发誓你一定会来看我！"

我不只来看你了。我特地来找你，接你回墨西哥。而四年前告别的时候，我只是对你说：

"你别忘了我，你要想办法永远不离开我。"

对，你来信请求我去看你，你的信我都存着。你在日内瓦最美的博地弗广场附近找到了一间带浴室和厨房的屋子。你在信里说你住在老城区，从四层向外可以看到高高的房顶、教堂的塔楼、小窗户和窄窄的天窗，再远还能隐约望见莱芒湖，湖的那头是沃韦[1]、蒙特勒[2]和西庸城堡[3]。你的信里洋溢着独立的喜悦。你需要自己整理床铺、扫地、做早餐、下楼取牛奶，时不时去广场上的咖啡馆小酌一杯。你总是提到那家店，店名叫拉克莱芒丝，店外有一顶绿白条纹的遮阳篷，这里聚集着前来约会的人们，是在日内瓦值得一去再去的地点。咖啡馆很窄，勉强靠着吧台放下六张桌子。身穿黑色制服的女服务生在吧台后亲昵地招呼客人，为他们端去黑醋栗酒。昨天我去那儿喝了一杯咖啡，看到出入那里的有戴着长围巾和棒球帽的大学生、在纱丽外裹着冬衣的印度姑娘、别着领花的外交官、为了避税隐居在湖畔别墅的演员，以及从德国、智利、比利时、突尼斯来，在国际劳工组织工作的年轻姑娘。你在信里说，有两个日内瓦。一个是被司汤达比作"无香花"的那个传统、有序的城市，这里是瑞士人生活的地方；而在同一背景下，另一个日内瓦则是过路、流亡的城市，一个充满偶然际遇和短暂交流的异国他乡，不受瑞士人的规则束缚。你初到这里时只有二十三岁，我能想象你的兴奋。

---

1 瑞士沃州的城镇，位于莱芒湖东北岸。
2 瑞士沃州的城镇，位于日内瓦湖的东岸、阿尔卑斯山山麓。
3 瑞士西部的一座中世纪水上城堡，位于蒙特勒附近的维托镇。

"关于日内瓦就说到这儿（你来信说）。我得告诉你，我在修一门法国文学的课程，在课上认识了……克劳迪亚，我无法描述我的感受，也不想多说，因为我们心有灵犀，无需多言。她叫伊雷娜，你都想不出她有多漂亮、多聪明、多可爱。她是法国人，在这儿学文学。多巧啊，她和你学同一个专业，没准我就是因为这个对她一见钟情。哈哈。"这段恋情大约持续了一个月。我记不清了，都过去四年了。"玛丽-何塞很唠叨，但她还挺有趣的。周末的时候我们去了达沃斯[1]。她是个滑雪好手，我却一窍不通，大出洋相。据说滑雪必须从小练起。说实话真是煎熬。我们周一回到日内瓦时和周五出发时一个样儿，只不过我扭伤了一只脚踝。你说好笑不好笑？"等到春天。"多丽丝是个英国画家，我觉得她确实很有才华。我们趁复活节假期去了温根[2]。她说她做爱是为了激活自己的潜意识，她还会跳下床去，对着少女峰雪白的山巅画水粉画。她敞开窗户，深呼吸，然后赤身裸体地作画，我却冻得发抖。她笑得前仰后合，说我是个缺乏锻炼的热带生物，接着倒一杯甜樱桃酒给我暖身子。"你们在一起的一年里，多丽丝给我带来许多欢乐。"我需要她的快乐，但她觉得在瑞士待上一年

---

1 瑞士东部格劳宾登州的城镇。
2 瑞士中部伯尔尼州的山村，属于少女峰地区。

已经够了，决意带着她的画箱和画架去米科诺斯岛[1]生活。这样更好。多丽丝让我很开心，但我对她这样的女人没什么兴趣。"这一位去了希腊，又有一位从希腊来。"索菲娅是我见过最美的女人，我向你保证。我知道这么说很俗，但她就像是从女像柱上走下来的，气质超凡脱俗。不管从哪个角度看，她都如雕像一般无懈可击。我让她褪去衣服，在房间里旋转。最重要的是她的气质也与雕像相似，你理解我的意思吗？那气质'占据'着周围的空间，并让她显得如此美丽。她皮肤黝黑，眉毛浓密，克劳迪亚，她明天就要跟一个富得流油的男人去蓝色海岸[2]了。悲伤但知足的，爱你的哥哥，胡安·路易斯。"

还有克里斯蒂娜、孔苏埃洛、索娜莉、玛丽-弗朗斯、英格丽德……信中有关这些女孩的篇幅越来越小，你对她们的态度也日益冷漠。你开始忧心工作，大量地谈论起你的同事、他们表现出的不同国家的特质、你们的关系，谈论会议的主题、工资、出差，甚至退休金。你不愿承认，那个地方和其他地方一样，终是创造出了一套安逸的惯例，而你也落入了一个国际官员的常规生

---

1 爱琴海上的一个小岛。
2 位于法国地中海沿岸，是非常富有的地区。

活。直到有一天，我收到一张印有蒙特勒全景的明信片，上面你密密麻麻地描述了一家豪华餐厅的食物，并对我的缺席表示遗憾。卡片上有两个签名，一个是你的潦草字迹，另一个我辨认不出，但在下方用印刷体一笔一划地重复：克莱尔。

是啊，这次你没有像往常那样介绍她，而是一点点透露出来。首先是你被委任了一份新的工作。后来，你提到即将来临的委员会议。紧接着，你说你喜欢和新同事打交道，但也很想念旧同事。之后，最困难的是去适应那些不熟悉你的习惯的文员。终于，你有幸和一个与你"合拍"的文员一起工作，然后在接下来的一封信里：她叫克莱尔。而在三个月前，你从蒙特勒寄了那张明信片给我。克莱尔，克莱尔，克莱尔。

我回信："我的傻朋友皮埃罗[1]。"你不打算和我说实话了吗？这个"克莱尔"是从什么时候开始的？我想把来龙去脉都了解清楚，我必须都搞清楚。胡安·路易斯，我们不是比兄妹更亲近的好朋友吗？你有两个月没来信，接着在信封里寄来一张照片：你和她站在高高的喷泉前，背景是夏天的湖泊；你和她倚在栏杆边上，你的胳膊环着她的腰。她一只手放在繁花锦簇的花坛上，

---

1 皮埃罗是意大利喜剧中的一个定型角色，是涂白脸、穿白衣的男性丑角，在现代艺术中演化为悲伤的小丑角色，他爱而不得，滑稽但值得信赖。

那样子可真美。但相片不太清楚，看不出克莱尔的脸蛋长得怎么样。她身材苗条，笑脸盈盈，没错，她也有一头又直又长的金发，活脱脱一个马里娜·弗拉迪[1]，不过要更瘦些。她穿着低跟鞋和一件低领的毛背心。

你不经解释便默认了一切。最初的几封信陈述事实：她住在埃米尔·荣大街的一家旅社。她妈妈去世了，爸爸是工程师，在纳沙泰尔[2]工作。你和克莱尔一起去海边游泳。在拉克莱芒丝喝茶。在莫拉尔大街的一家影院看法国老电影。周六去"银盘"餐厅吃晚饭，结账时各付各的。工作日则在万国宫[3]的咖啡厅一起用餐。有时你们会乘有轨电车去法国。事实和名称、名称、名称，就像一本旅行指南：贝尔格堤坝、格朗大道、鲍勃酒窖、科尔纳万车站、国母旅馆、尚佩尔富人区、堡垒大道[4]。

之后，是你们的谈话。克莱尔喜欢的电影、书、音乐会，以及更多的名称，信里仿佛流淌着一条名词的河（《滑稽戏》[5]和《天堂的孩子》[6]，斯科特·菲茨杰拉

---

1 马里娜·弗拉迪 (Marina Vlady, 1938—   )，法国女演员。
2 瑞士西部纳沙泰尔州的首府。
3 联合国日内瓦办事处的所在地。
4 均为日内瓦地名。
5 《滑稽戏》(*Drôle de drame*)，1937 年法国电影，由法国导演马塞尔·卡尔内 (Marcel Carné, 1909—1996) 导演，雅克·普雷维尔编剧。
6 《天堂的孩子》(*Les enfants du paradis*)，1945 年法国电影，由马塞尔·卡尔内导演，雅克·普雷维尔编剧。

德[1]和雷蒙·拉迪盖，舒曼[2]和勃拉姆斯[3]），接着是克莱尔说过、克莱尔认为、克莱尔觉得。卡尔内电影中的自由像是一场怯生生的阴谋。菲茨杰拉德发明的风尚、姿态和谎言持续滋养着我们。《德意志安魂曲》为所有俗世的死亡唱挽歌。对，我给你回了信。奥罗斯科[4]刚刚去世，艺术宫正在举办一场规模巨大的迭戈[5]作品展。还有更多的来信和回信，你遵照我的请求，把一切悉数记录下来。

"每次听的时候我都在想，这就像是我们意识到需要把至今被谴责的一切事物捧上神坛，胡安·路易斯，扭转乾坤。是谁剥夺了我们的权利，亲爱的？我们被夺去了太多，时间又太少，来不及把它们都找回来。不，我没在要求什么，你懂吗？咱们别做计划。我和拉迪盖想得一样：纯洁心灵的无意识不轨活动要比不道德行为的鬼花样奇特得多。"

我能回复什么呢？这里还是老样子，胡安·路易

---

1 斯科特·菲茨杰拉德（Scott Fitzgerald，1896—1940），美国作家，代表作为《了不起的盖茨比》（*The Great Gatsby*，1925）。
2 全名罗伯特·舒曼（Robert Schumann，1810—1856），德国浪漫主义作曲家。
3 全名约翰内斯·勃拉姆斯（Johannes Brahms，1833—1897），德国浪漫主义作曲家，代表作有《德意志安魂曲》。
4 全名何塞·克莱门特·奥罗斯科（José Clemente Orozco，1883—1949），墨西哥"壁画三杰"之一。
5 全名迭戈·里维拉（Diego Rivera，1886—1957），墨西哥"壁画三杰"之一。

斯。爸爸妈妈庆祝银婚的时候你不在，他们很难过。爸爸升任保险公司副总，他说这是周年纪念日最好的礼物。可怜的妈妈，每天都有新的病痛找上门来。墨西哥开通了第一个电视频道。我在准备三年级的考试。你所经历的一切我都有点想要尝试，还希望能在书里读到你过的生活。昨天我给费德里科讲了你的生活和所见所闻，我们想着也许毕业之后可以去找你。你不打算回来了吗？比如趁下次放假的时候，行吗？

你在信里说，克莱尔让秋天变得与以往不同。你们常常在周日一起散步，手牵着手，默不作声。起初公园中凋零的风信子还散发着最后的香气，再后来，一路都是焦枯的树叶气味。一次次漫长的散步让你回想起几年前我们在海边的漫步，因为你和克莱尔谁都不敢打破沉默，不管有多少事在脑袋里翻腾，也不管在茉莉和枯叶的环绕中，季节交替的奥秘唤起了多少联想，最后还是沉默。克莱尔，克莱尔——你在信里对我说——你什么都明白。我并没有改变我的初心，现在我终于可以占有它。现在我重又找到了你，克莱尔。

我在之后的回信中再次写到，我和费德里科在一起准备一场考试，我们年底要去阿卡普尔科。但在寄出之前，我又把这些话划掉了。你在信里没问我费德里科是谁，就算你现在开口问我，我大概也不知道该如何回答。等到放假的时候，我拒接了他所有的来电，也不用在学校里见到他。我和爸爸妈妈去了阿卡普尔科，没有带他。这些我都没告诉你。我一连几个月都没有给你写信，但你还在继续来信。那个冬天，克莱尔搬去了博地弗广场的房子与你同住。后来的信我都烂熟于心，它们就在我的手提包里。"克莱尔，一切都是新的。我们之前从未在早晨一同醒来。在此之前，早晨对于我无足轻重，不过是一天之中死气沉沉的几个小时，但如今却成为我千金不换的时刻。我们过去一直形影不离，一起散步，去影院，去餐厅，去海滩，编造冒险故事，但我们始终没有一起睡过觉。你知道我孤身一人时有多想念你吗？现在我不想再浪费任何一个早晨。我整晚在你身后，用手臂拥着你的腰身，胸腹紧贴你的后背，就这样等待天亮。这些你都清楚，你转过脸来，闭着眼睛朝我微笑。克莱尔，当我掀开被单，彻底忘掉夜晚时你给的温存，我问你，一直以来，自始至终，从我们一起玩耍、牵着手安静地散步的时候开始，我们渴求的不就是这些吗？我们应该睡在同一个屋檐下，在我们自己家里，不是吗？为什么你不给我写信了，克劳迪亚？爱你的，胡安·路易斯。"

或许你还记得我的玩笑。朝夕相处完全不同于在海滩或者被湖泊、白雪环绕的酒店中的激情。何况你们在同一间办公室共事，两个人总会相互厌烦，新鲜感也会消失。事实上，一起醒来并不是一件多令人愉快的事。她会看到你刷牙的样子，你会看到她卸妆、涂面霜、穿连裤袜……我觉得你做错了，胡安·路易斯。你不是去追求独立的吗？那又为什么要自讨苦吃？如果是这样，你还不如留在墨西哥。话说回来，要想逃离那些从小圈住我们的条条框框确实很困难。即便你没有履行那些繁文缛节，本质上还是在完成爸爸妈妈对你的期待。你还是成了一个循规蹈矩的人。多丽丝、索菲娅、玛丽-何塞，她们曾经带给我们多少欢乐。真遗憾。

我们一年半没有通信。我的生活没有丝毫改变。学业变得有点乏味、失去意义。文学能怎么教呢？我很清楚，遇到新的内容时，我应该独自探索，自己去阅读、写作、研究。我还来听课纯粹是因为迫不得已，我得善始善终。图表中已经概括得清清楚楚，还要不断地解释，实在是又蠢又空。走在老师前头就是这点不好。他们都一清二楚，可是为了不丢掉饭碗还得假装糊涂。课上才开始讲浪漫主义，但我已经读到弗班克[1]和罗尔

1　全名罗纳德·弗班克（Ronald Firbank，1886—1926），英国同性恋小说家，著有《关于红衣主教皮瑞里的怪癖》等。

夫[1]，甚至已经接触到威廉·戈尔丁[2]。系里的教授们都有些吃惊，他们夸赞说克劳迪亚前途无量，也只有这能让我开心。我待在屋子里的时间越来越长。我按自己的喜好布置房间，整理藏书，在墙上挂装饰品，安置好我的留声机。妈妈总劝我去多认识一些男孩子，出去跳跳舞。他们说烦了，不再打扰我。我的穿衣风格也变了一些，从你熟悉的印花风格转变为白衬衫配深色半裙和套装。它们让我感觉更加严肃、庄重、冷淡。

我们到了机场。雷达屏在转动，我先不和你说了。接下来会很难熬。旅客们都动了起来。我拿上我的手提包、化妆箱和大衣，坐着等待其他人下车。最后司机用法语对我说：

"我们到了，小姐。飞机还有半个小时就要起飞了。"

不，这是飞往米兰的航班，不是我要坐的。我戴好裘皮帽，下了车。天气又冷又潮，雾气遮住了远山。没有下雨，但空气中弥漫着无数破碎的隐形水珠，我在发间感受到湿气。我抚过平直的金发，进入航站楼，向法

1　全名弗雷德里克·罗尔夫（Frederick Rolfe, 1860—1913），英国同性恋作家、摄影家，著有小说《哈德良七世》等。
2　威廉·戈尔丁（William Golding, 1911—1993），英国小说家、诗人，1983年诺贝尔文学奖得主，代表作为《蝇王》。

国航空的办事处走去。我报上名字，职员默默点头，让我跟上他。我们走过一个又长又亮的通道，离开了航站楼，午后的室外也是冰冷难耐的。我们又走了很长一段路，到了一个像是机库的地方。我握紧了拳头。职员并没有挑起话题的意思，只是走在我前面，颇有些仪式感。我们走进仓库，里面散发着一股湿木材、稻草和柏油的气味，有序地摆放着许多大箱子，一些汽缸，还有一只在笼子里吠叫的小狗。你的箱子放得有些隐蔽。职员充满敬意地欠了欠身，向我示意木箱的位置。我碰了碰棺材的边缘，沉默了几分钟。我把哭声咽在肚子里，强忍住泪水。职员等候了片刻，找合适的时机把各种文件交给我。过去的几天里我一直在办理这些手续，包括警方、医院、墨西哥领事馆和航空公司的审查批准。他请我在最后的登机文件上签名，接着撕开几个粘性标签，用它们封住棺材。我又摸了摸棺椁的灰色盖子，跟着他回到航站楼。他低声向我表示哀悼，然后就离开了。

　　我去航空公司和瑞士海关把手续办理妥当，之后用手指夹着登机牌，到楼上的餐厅找了个座位，点了一杯咖啡。我坐在窗边，看着一架架飞机在跑道上起飞降落，在浓雾中消失或出现，发动机的动静总是提前响起，要不就是像条尾巴似的紧随其后。我害怕。对，你知道我怕极了，我不愿想象在这数九寒天与你一同返程，每到一个机场就得出示那些写着你的名字的文件和通关许可。咖啡来了，我没有加糖，这样更好。这次喝咖啡的时候我没有手抖。

九个星期前，我撕开了你十八个月内的第一封信，把咖啡撒了一地。我赶紧蹲下用裙子擦地毯，然后放上一张唱片，叉着手巡视起房间架子上的书脊，甚至抚摸着书皮，缓缓地读了几句诗。你那封陌生的信夹在撕开的信封里，放在椅子的扶手上，和它保持距离让我更心安。

> 我的痛苦所发现的可爱的东西，
> 当上帝愿意时你们快活而又甜蜜，
> 你们都在我的记忆里
> 为了我的死亡而与它沆瀣一气！[1]

"我们大吵了一架。她摔门而去，我气得快哭出来。我尝试做其他事来分散注意力，但我做不到。我出门找她，我知道她会去哪儿，她就在对面的拉克莱芒丝咖啡馆，焦躁不安地喝茶、抽烟。我走下吱嘎作响的楼梯，走向广场，她远远地望见我却视若无睹。我穿过花

---

[1] 来自西班牙文艺复兴时期诗人加尔西拉索·德拉·维加（Garcilaso de la Vega）的《十四行诗（十）》（"Soneto X"），参考赵振江译本。诗作最后一段："否则，我将会怀疑/你使我那么幸福是由于/你愿看到我死于痛苦的回忆。"

园，手指蹭着铁栏杆，慢慢登上博地弗广场的高台。我来到咖啡馆，在她身边的藤椅上坐下。到了夏天，咖啡馆会把桌椅摆到人行道上，那里能听到日内瓦圣彼得大教堂传来的钟琴声。我们就坐在露天区域。克莱尔操着一口让人讨厌的瑞士口音和服务生聊天，讲了些关于天气的废话。等她在烟灰缸里熄灭了香烟，我也掐灭我的，摸了摸她的手指。她看向我。你知道那是什么样的眼神吗，克劳迪亚？和你站在海边高耸的岩石上、等待我把你从吃人妖怪那儿拯救出来时的眼神一模一样。你必须装作不知道我是来救你，还是奉狱卒之命来杀你，但你有时憋不住笑，我们一瞬间就会出戏。我们俩吵架是因为我的疏忽。她指责我太过粗心，害她心里焦虑。要怎么办呢？要是我能很快回答些什么就好了，但我无话可说，只是沉默着，回避问题，甚至没能抖个机灵、转换话题。家里有书和唱片，但我偏偏选择去解杂志里的纵横填字游戏。

　　"'你得做出决定，胡安·路易斯。拜托。'

　　"'我在想。'

　　"'别装傻。我指的不是那件事，我说的是全部。我们要一辈子在联合国做文件分类吗？还是说这只是暂时的，我们之后还会做其他事，不过现在还不清楚？不管是什么，我都准备好了，胡安·路易斯，可是我不能独自规划这一切。不管你说我们在一起工作和生活只是逢场作戏，还是说我们是会永远工作、永远相爱，这两种我都接受，但我们不能装作工作是暂时的，而爱情是长久的，反之亦然，你懂吗？'

"我该如何回答呢，克劳迪亚？她的疑问让我摸不到头脑。相信我，当我坐在拉克莱芒丝，看到年轻人骑着自行车经过，听着周围人们的笑声和低语，大教堂的钟琴敲出旋律，相信我，妹妹，我选择逃离周遭的整个世界，沉沦于自我；我闭上双眼，在自身的黑暗中提炼我潜藏的智慧，我打磨每一根感官的丝线，让它们能感知灵魂的细微颤动，我像拉开弓箭一般展开我全部的感觉、猜想和底细，好把它们射向未来、击中未来并让它显现出来。箭已经离弦，但漫无目的，克劳迪亚，前方一片空白，而我痛苦的内心——我感受到两只发狠的、冰凉的手——像一座沙子城堡般不堪一击，一遇上海浪便土崩瓦解。然而它并不会消失不见，只是被冲回了名为记忆的大海，那里有童年、游戏、我们的海滩、快乐与热情。除你以外，其他人只能试图模仿、延宕我们的乐趣，把它和未来的规划混为一谈，以为能通过日常的惊喜将它重现出来。是的，我答应了她。我们会去找一间更大的公寓。克莱尔怀孕了。"

克莱尔也写了一封信给我，我之前只在那张来自蒙特勒的明信片上见过她的字迹。"我知道您对胡安·路易斯有多重要，你们一起长大，经历了许多。我很想认识您，我们一定会成为很好的朋友。相信我，我对您了如指掌。胡安·路易斯总是说起您，甚至让我嫉妒。真希望您能来拜访我们。胡安·路易斯的工作做得很出色，大家都很喜欢他。日内瓦很小，但人见人爱。你肯定能明白我们为什么喜欢这座城市，我们打算继续在这儿生活下去。我怀孕才两个月，还能上几个月的班。你的姐妹，克莱尔。"

信封里掉出一张新的照片。你胖了，还在反面备注："都是吃多了奶酪火锅，我亲爱的妹妹。"你的头发也日益稀疏，像爸爸一样。她很美，宛若波提切利[1]画中的人物，长长的金发，戴着一顶风情万种的贝雷帽。你这是经历了什么，胡安·路易斯？离开墨西哥的时候你还是个帅小伙。瞧瞧你，你照过镜子吗？你得注意饮食。你才二十七岁，看上去却像是四十岁。你现在看什么书，关注什么，胡安·路易斯？纵横填字游戏？你不能背叛自己，拜托。你很清楚，你是我的寄托，我需要你和我一同成长，你可不能落后。你许诺会在那边继续学习，你是这么向爸爸承诺的。每天的工作太辛

---

1 全名桑德罗·波提切利（Sandro Botticelli, 1445—1510），文艺复兴早期意大利画家，代表作为《维纳斯的诞生》。

苦，回家后你只想甩掉鞋子、读读报纸。是这样吧？你没这么说，但我知道一定是这样。别自暴自弃，拜托。我还始终如一，没有忘记我们小时候的初心。我不在乎你远在天边，但我们应该在重要的事情上保持一致。你不记得了吗？我们只遵从于爱、智慧、青春和沉默，不容许任何事物改变这点。人们不接受我们，想要把我们变成和他们一样的人。你不能屈服，胡安·路易斯，我求你别忘了那天下午在"面具之家"的咖啡厅里对我说的话。向那边迈出一步就会功亏一篑，前功尽弃。我把你的信拿给爸爸妈妈看了。妈妈很难过，血压飙升，被送进了心内科。希望下次回信时不再有坏消息给你。我惦记你，想你，我知道你不会让我失望的。

又寄来两封信。第一封是给我的，说克莱尔流产了。另一封寄给妈妈，你告诉她下个月你会和克莱尔结婚，希望我们都能去参加婚礼。我请求妈妈把她的那封信交给我一并保管。我把它们和之前的信挨着对比，想知道这两封是否都是你的笔迹。

"这是个匆忙的决定，克劳迪亚。我和她说现在还太早。我们很年轻，应该自由自在地生活一段时间。克莱尔答应了。我不知道她是否理解我的话，但你肯定懂，对吧？"

"我爱这个姑娘，这点我很清楚。她对我很好，而且善解人意。有几次我甚至让她饱受煎熬，为此很想补偿她，请你们不要怪我。她的父亲是工程师，鳏居在纳沙泰尔。他已经同意我们的婚事，会来参加婚礼。希望克劳迪亚、爸爸和你能来与我们分享这一时刻。等你见到克莱尔，一定会像我一样爱她的，妈妈。"

三个星期后，克莱尔自杀了。你的同事打电话来，说她那天下午因为头疼请假外出，早早地进了一家电影院。晚上你照常回到公寓，等她回来，后来你跑遍了整座城市，怎么也找不到她。你没想到她已经死在了电影院，进场前就吞了安眠药，而且独自坐在无人打扰的第一排。你给她爸爸打了电话，接着又跑到街上、餐厅里去找她，在拉克莱芒丝咖啡馆坐到了打烊。等到第二天，停尸房打来电话，你才在那儿见到她。你的朋友说你痛不欲生，让我们去接你回墨西哥。我把真相告诉了爸爸妈妈，给他们看了你给我的最后那封信。他们缄默不语，之后爸爸说要把你赶出家门，他嚷嚷着骂你是个杀人犯。

我喝完了咖啡。有个职员走来，指了指我所在的地方，一个竖着衣领的高个男人点了点头，走到我的面前。我是第一次见到这个皮肤黝黑、蓝眼睛、白头发的人。他问我可否让他坐在这里，还问我是不是你的妹妹。我说是的。他说他是克莱尔的父亲。他没有和我握手。我问他要不要喝杯咖啡，他摇头拒绝，接着从大衣口袋里掏出一盒香烟，递给我一支，我说我不抽烟。他勉强笑了笑，而我戴上了墨镜。他再次把手伸进口袋，取出一张纸，把它折着放在桌上。

"我带了这封信给您。"

我抬了抬眉毛表示不解。

"这是您寄给我女儿的。胡安·路易斯被发现死在公寓的那个早晨，这封信就放在他的枕头上。"

"啊对，我还在想那封信是怎么回事呢，到处都没有找到。"

"嗯，我想您或许愿意保存这封信。"他朝我笑笑，仿佛很了解我的样子，"您真卑鄙。不过您用不着担心。人已经死了，做什么都没用了。"

他径直起身离开，蓝眼睛里满是悲哀和怜悯。我挤出一个笑容，拿起那封信。机场广播响起：

"……707 次航班即将起飞……飞往巴黎、甘德[1]、纽约和墨西哥的乘客……请到 5 号登机口登机。"

我拿起行李，戴好贝雷帽，走向楼下的登机口。我手里拿着手提包和化妆箱，把登机牌夹在指间。在登上

---

1 加拿大东部城市。

舷梯之前，我把那封信撕碎，扔进了寒风和浓雾之中。胡安·路易斯，或许风和雾会把这些纸片带到你常去潜泳的莱芒湖，去寻找一片漂浮的幻景。

捉海蛇

致胡利奥·科塔萨尔

前来迎接的英国海员身穿白色制服，年轻而严肃。他伸出手臂，伊莎贝尔碰到他的汗毛，旋即羞红了脸。快艇在轰鸣声中发动，伊莎贝尔坐在湿漉漉的帆布椅上，看着阿卡普尔科市中心的灯光渐行渐远，心里终于有了旅行的实感。白色的轮船停泊在热带夜晚的静谧海湾，好似浮在漆黑的镜面之上。午夜强劲的风吹动伊莎贝尔脖子上系着的丝巾。在小艇从码头驶向轮船的短暂航程中，伊莎贝尔想象自己被遗弃在码头，周边尽是卖劣质冰激凌、玳瑁梳子和珍珠母烟灰碟的小贩，但她的表情依旧不露声色。咸咸的浪花轻轻蹭着她的脸，她打开手提包，取出眼镜，匆忙地检查旅行所需的证件。她突然这么做，一方面是因为害怕丢了证件，另一方面更是想要借机分神，不去惦记远处忽明忽暗的岸上发生的一切。护照。伊莎贝尔·巴列斯。白人。生于1926年2月14日。无显著特征。签发于墨西哥城。她合上护照，找出船票。MS 罗德西亚号。1963年7月27

日，阿卡普尔科出发，经停巴尔博亚[1]、科隆[2]、特立尼达岛[3]、巴巴多斯[4]、迈阿密[5]、南安普顿[6]。她终于可以深深地呼出一口气，最后一次望向海岸。快艇摇摇晃晃地停在轮船右侧的舷梯旁，海员再次伸手扶她。伊莎贝尔摘下眼镜，把它放进手提包，用手指搓了搓鼻梁，接着踏上梯子，果断地拒绝了与那位年轻海员的任何肢体接触。

"四十来岁，不太漂亮，那个词叫什么来着？"

"我想，叫做'没品味'。"

"不，不是这个。有没有一个词可以形容这种过了时的风韵？"

"随便吧，反正你不会安排她和我一桌的。"

"当然不可能，杰克。我太了解你了。没戏。"

"好吧。看来当上领班会让人变得多疑。"

"这与疑心无关，杰克，谁都知道你是什么样的人。"

"你就笑吧，傻子。我会赏你一笔不错的小费。"

---

1 巴拿马港口城市，位于巴拿马运河太平洋一侧的入口处。
2 巴拿马港口城市，位于巴拿马运河加勒比海一侧的河口处。
3 特立尼达和多巴哥的两主岛中较大者，位于加勒比海与大西洋的边界。
4 位于加勒比海与大西洋边界上的岛国。
5 美国东南部港口城市。
6 英国南部港口城市。

"啥？你给我走开行不？我清楚自己在做什么，你也该弄清你的本分。"

"我只是想要行使应有的权利，比利。你想想，我在罗德西亚号上当了八趟服务生，终于付得起一次头等舱的船票，让你们像我过去服侍乘客那样服侍服侍我。"

"就让我们各司其职、相安无事吧。"

"你打算把她安排在哪儿？"

"让我想想。让她和同龄人一桌吧。不知道她说不说英语。无论如何，可以安排她和另外那个单身女人共用一张二人桌，或许她们能聊到一起去。没错，二十三号桌，和詹金斯女士一起。"

"你让我心碎，比利。"

"走开，戏精。"

"还有，你得批评批评洛夫乔伊。我上午点了一杯茶，我想要的是真正的热茶，而不是底下用来刷盘子的水！"

"唉！你还会回来做船员的，杰克。"

"休想。"

服务生洛夫乔伊把钥匙交给伊莎贝尔。她开始整理行李，可是一想起她的公寓、店铺、玛丽卢、阿德莱达姑妈和桑伯恩[1]餐厅的午饭，她便只能停下动作，难过地坐在了床上，盯着两只敞开的箱子发呆，而后起身离开寝舱。几乎所有乘客都下船去阿卡普尔科游玩了，凌晨三点才会回来。罗德西亚号将在四点启程。伊莎贝尔趁着清静去逛了逛那些空荡荡的大厅，她还未领略到周围事物的新鲜感，又或许是已经察觉，但尚且不愿去消化这个与静止的陆上城市相异、完全自主自治的水上世界所散发出的独特气质。一间间大厅果真彰显了英式的舒适概念，让你在外也能"享受到家的感觉"，而在伊莎贝尔眼里，那里的印花棉布窗帘、厚实的扶手椅、海景装饰画、印花细布沙发和墙面的金色贴板成为了一个遥远而眩目的世界的象征。她推开一扇玻璃门，来到游步甲板上，第一次闻到船的气味，混合了沥青、油漆、潮湿的麻绳和油腻铰链的气息，这种独特的味道刺激着嗅觉，宣告了新鲜的海上生活的开启。游泳池上覆着一张麻绳结成的网，在池壁灯光的照射下宛如一个巨大的绞索，下面那方被人遗忘的海水毫无波澜，散发出强烈的咸味。伊莎贝尔呼吸着海上的空气，内心七上八下。这段新生活的第一次冲击弥漫在她的鼻翼，那气味逼迫她惊恐地承认，自己孤身一人。

---

1 墨西哥连锁餐饮、百货品牌。

一阵富有节奏的声响吸引她来到船头。透过布满白色管道的露台，她看到值班的年轻船员们一边弹奏六角手风琴一边畅饮啤酒。他们打着赤膊，光着脚，穿紧身的卡其布裤子，正在哼唱一首苏格兰老歌，还故意突出这首浪漫旋律中的休止符，陶醉地眯起眼睛。歌曲不知不觉地被他们改得变了样，更跳跃、快速、无拘无束，船员们快活的表情和狡黠的眼神也终于变成了手脚乱扭和吱哇乱叫。

伊莎贝尔笑了笑，离开喧闹的人群。

她犹豫要不要到泳池边的吧台去。

她走进去，在一张铺着法兰绒桌布的桌子旁坐下。红头发的酒保从吧台后出现，她眼前一亮，抚平裙子的褶皱。酒保向她眨眨眼，用英语问道：

"有什么能为女士您效劳的？"

伊莎贝尔握紧双手，感觉手心潮湿，悄悄在桌布上擦了擦。她用勉强的微笑掩饰自己的张皇失措，努力设想自己正待在一个熟悉的地方，周围都是熟人。酒保留着胡萝卜色的头发，眉毛淡到令人感觉惊讶、好笑甚至可怕，两片睫毛孤身阻拦着那块大墙似的、布满蓝色雀斑的额头继续生长。伊莎贝尔想要避开他，酒保却以一种极其缓慢的速度走向她，像是要以这种方式强调自己的存在。这使得伊莎贝尔记不起任何一种饮料的名字，同时迫使她想到，自己从未在酒吧点过酒。胡萝卜男人不可遏制地接近，重复着他的工作，但他那两只没有边框的眼睛和注满胆汁、蛋黄似的眼珠也察觉到了这位穿着短袖毛衣和苏格兰方格裙的女士的脆弱、困惑和窘迫的冷汗。伊莎贝尔一只手在法兰绒的桌布边摩擦，另一只手在膝上的羊毛裙上蹭着，接着她再次合上潮湿的手掌，失控又紧张地用英语喊道：

"威士忌苏打水……不加玻璃杯……"

酒保惊讶地看着她，露出一副专业人士受到了冒犯的表情。他定格在被这份点单吓到的瞬间，然后垂下肩膀，不知道应该如何回应这个低下的脑袋发出的尖叫。他闭上了眼睛，这个前所未有的请求让他失去了原有的信心。他继续用英语确认：

"或许女士您的意思是想用银杯盛酒……不过一般都是用玻璃杯……"

酒保火焰似的头发在一阵满是褶皱和雀斑的大笑中乱成一团。他用一张餐巾掩面，止住了咯咯的笑声。

"不加冰，谢谢……"伊莎贝尔这次用法语重复道，眼睛没有看酒保，"冰……冰会让我嗓子不舒服。"

笑得通红的男人从餐巾后露出脸来，用法语问她：

"啊，女士您是法国人？"

"不，不是……我是墨西哥人……"

"我叫兰斯洛特，愿为您效劳。我建议您点一杯'南风克星'[1]，它对咽炎好，而且口感醇厚，能让酒精准确地融入血液。兰斯洛特，您知道吗？圆桌骑士兰斯洛特[2]。"

他弯腰屈膝，向伊莎贝尔行了个礼，然后快速地转过身去，哼着小曲、四肢并用地爬进吧台。

伊莎贝尔心跳得飞快，依旧低着头，盯着桌布上的一点。

"要我给您放张唱片吗？"兰斯洛特问。

伊莎贝尔听见浓稠的液体一点点流下，从柠檬中细细地挤出汁水，注入虹吸瓶，然后是专业的、称得上高超的搅拌的声音。她点了点头。兰斯洛特叹了口气：

"真倒霉，今天没轮上我下船。您是这儿的人吗？"

伊莎贝尔摇摇头。兰斯洛特放上一张带有划痕的老唱片。《走在兰贝斯街》[3]。伊莎贝尔微笑，抬眼看向酒保：兰斯洛特戴上了面具，脸像一团生面似的变形、拉

---

1 Southerly Buster，由威士忌与蓝橙酒兑成的鸡尾酒，以冷冻玻璃杯盛放，并装饰柠檬。
2 亚瑟王传说中圆桌骑士团的成员之一名叫兰斯洛特。
3 《兰贝斯街》是1937年音乐剧《我和我的女孩》中的歌曲，歌名取自英国伦敦的兰贝斯街，曲调欢快。

长，长出尖利的牙齿和牡蛎似的眼睛……伊莎贝尔见状大叫，用手遮住眼睛，接着又缩到胸前。她站起身，推倒椅子，跑出了酒吧，毫不理会酒保的喊声：

"女士！喂，女士！需要我把酒送到您的寝舱吗？"

醉酒的萝卜像宗教法庭大法官摘下黑色兜帽那样，一把扯下罩在头上的透明丝袜。他耸耸肩，用吸管饮用紫色的鸡尾酒。

伊莎贝尔在过道里停下脚步，上气不接下气。她被甲板和过道的序号搞晕了，不知道该向哪边走。等她终于回到寝舱，躺在清爽的枕头上，听到排风扇的响声，才哭了出来，一遍遍低声重复起那些能让她镇静下来的名字，熟悉的人和物。那些人都没有提醒过她，也没有人阻挠她登船冒险。疲惫、恐惧和思念使她昏昏欲睡，很快坠入梦乡，让她不得不放弃在当晚就提起箱子、回到岸上的念头。

"不当船员让您有何感触啊，小杰克？"

"放尊重点，可怜又卑微的洛夫乔伊。我可以向船长投诉。"

"有种就欺负我们试试。你知道会有什么后果。"

"怎么？你们会在巴拿马的一条暗巷里堵我，把我打到跪地求饶？而且还以为我会因为男人的尊严，对此缄口不言？"

"嗯，差不多吧。我们还没决定好要不要剃光你那头曼迪·赖斯-戴维斯[1]的金色卷毛。"

"你忘了很简单的一点，可怜的傻蛋洛夫乔伊。"

"啊，是吗？"

"啊，是的！我可不在乎尊严。我会去告发你们，把你们都送去坐牢。"

"情怀，你缺的是这个。不止是你，现在的这些小娘炮都是这样，你们这群阿飞，懒蛋，毫无原则的人。从前，优秀的水手像海里的盐一样坚毅。但愿再爆发一场战争，好让你们成为男子汉。"

"你哄谁呢，我心爱的洛夫乔伊？"

"好吧，小杰克，还不是因为美好的旧时光嘛。你不和我们一起，这让我感伤。"

"感伤？不得不伺候我都快把你逼疯了。"

"不，小杰克，不是的，你知道我一直很喜欢你。我们一起度过了那么多的好时光，我对你了如指掌。真的，我需要你。难道你不记得……？"

"闭嘴吧，你这只没毛的鹦鹉。敲诈可是个十足肮

---

1 曼迪·赖斯-戴维斯（Mandy Rice-Davies，1944—2014），英国模特、表演女郎。

脏的罪行，并且代价深重。"

"不，杰克，你没懂。有些事我不敢一个人干。我们一起，像以前那样，让我感觉更稳妥。乘客们那么粗心。你还记得那个戴假首饰的鲍德温太太吗……？"

"拜拜，洛夫乔伊。明天给我送热茶来，这是命令。"

"等等，等等。那个刚上船的，你知道吗？那个在阿卡普尔科上船的南美[1]女人……"

"我什么也不想知道。你是七片大洋中最令人作呕的人鱼海怪，又丑又老又秃，可怜的洛夫乔伊。"

"她那么粗心大意，小杰克，简直像在叫嚷着求我们来一手。你想想，九千美元的旅行支票，你见过这么多钱吗？就在那儿，像大白菜一样摆在她寝舱的柜子里。绿油油的新鲜票子，洗洗就能拌沙拉了。"

"无知的洛夫乔伊，旅行支票的一头一尾必须有同样的签名才能生效。广告里不是说了吗？'比现金更安全'。"

"小杰克，小杰克，你还记得咱们伪造……"

"够了！要是再让我听到你在臭烘烘地叫唤，我就去告发你，我发誓会把你直接告到船长那儿去。你面前

---

1 墨西哥实际上位于北美洲，但很多人误认为墨西哥属于南美洲。

的是一位正经绅士，而绅士总是要顾全面子的。你这个恶魔，没牙的吸血鬼，肮脏的秃鹫……"

"啊？哈！小杰克！那我懂了。哦，杰克，好吧，你真让我开心。我真喜欢听你骂我，这你是知道的，没错吧？好吧，算了，杰克，就像巴拉巴[1]说的，在你的国别忘了我，好吗，杰克，嗯？"

"热茶，洛夫乔伊，我吩咐过了。晚安。"

伊莎贝尔睡着了，全然没意识到游轮已经从阿卡普尔科启航。从悉尼出发以来，船上每天重复着同一套流程，这天早晨也是平淡无奇，可是对于伊莎贝尔，这个平静的早晨却非同一般。罗德西亚号的晃动使梳妆台上的瓶瓶罐罐左右滑动、撞在一起。她还没下床，服务生不敲门便走了进来，对她说："早上好，我是洛夫乔伊，您的乘务员。"接着把装有热气腾腾的茶水的托盘放到她的膝上。伊莎贝尔急忙用被子捂住胸口，一只手捋过头发，扶稳膝上的托盘，心里想，外国人真不尊重女性的隐私。她喝了茶，用温热的海水泡了个澡。当她光着身子泡在舒缓安神的绿水中时，她想起圣心学校宿

---

1 《圣经·新约》中记载的一名罪犯，彼拉多将他与耶稣一同带到犹太人前，询问二人中释放哪一位，结果巴拉巴获得释放，耶稣则被钉十字架。耶稣曾对彼拉多说"我的国不属这世界"（约十八：36）。

舍里的浴室。之后，她下楼去了Ｃ甲板的餐厅，服务生领班欠了欠身，说他叫希金斯，愿为她服务，并把她带到一张二人桌前，让她坐在一位五十多岁、正在享用炒鸡蛋的女士对面。

那位女士自我介绍叫詹金斯，她甩着下巴告诉伊莎贝尔，她在洛杉矶的一所学校当老师，每三年能攒够钱做一次游轮旅行，但因为学校放假都在夏天，她从来没有体验过轮船和阳光海岛上最美好的季节——冬天。于是，伊莎贝尔也不得不告诉她，她在墨西哥城的尼斯街上经营一家店铺，这是她第一次离开商店，也是第一次出国旅行；不过她有一个非常勤劳的店员玛丽卢，总能把店里的一切料理周到；店铺需要全心的维护，毕竟把名声做响加上稳固客源让她们花了大功夫，她的顾客自然包括一些老朋友、亲戚、在革命中受损的名门望族中的相识，此外还有那些新贵家庭中的太太，她们都能在这家精品店中获得细致入微的品位保证；是的，这份工作很好，她会挑选镇纸，出售小山羊皮的手套，包装丝巾……

詹金斯打断伊莎贝尔，建议她别点英式早餐，因为英国人常吃的干燕麦和鲱鱼干只能充当宿醉后的催吐剂：“要不是亲眼所见，您一定想不到一个人竟能喝下那么多酒。您不喜欢喝酒吧？”伊莎贝尔笑了，回答说她的生活非常简单。尽管旅行让人觉得兴奋、新鲜，她还是更想念平常的生活。毕竟，起床后与同住的阿德莱达姑妈一起走去店铺，和年轻又能干的玛丽卢在店里默默地忙碌，穿过马路去桑伯恩餐厅吃午餐，每日如此就很美好。晚上七点，阿德莱达姑妈等她回家，两人一起聊聊家族的陈年旧闻和当天发生的事，到八点再吃点小食。她们每个星期日去望弥撒，星期四做忏悔，星期五领圣餐。漂亮的拉丁影院就在公寓附近。一切都很美好。

伊莎贝尔点了橙汁、温泉蛋和咖啡作为早餐。詹金斯在桌子底下轻轻踢了她一脚，让她瞧瞧服务生小伙子们有多年轻帅气。

"他们中没有超过二十四岁的，英国这个国家真是奇怪，年轻人都放弃了大学的学业，跑来餐厅做服务员。怪不得他们连一块殖民地也没剩下。"

伊莎贝尔正打算继续讲她的生活，听到这话后她只能用餐巾擦了擦嘴，漠然地看向詹金斯："我不太习惯谈论用人。要是表现出对他们的关心，他们之后就会没大没小了。"

詹金斯皱了皱眉头，站起身说她要去完成她的"每日活动"："绕游步甲板走六圈是一英里。要是不每天走走，铁定会消化不良。拜拜，亲爱的，午饭时候再见。"

这位胖女人的衣服上绘有清教徒殖民者登陆普利茅

斯岩的印花，她一扭一扭地向餐厅出口走去，手指像在弹奏空气般向所有用餐的人告别，一遍遍重复着"亲爱的"。无论如何，有她陪伴还是让伊莎贝尔再次感到踏实。

伊莎贝尔微笑，眯着眼睛慢慢享用咖啡。她听着餐厅里细碎的声音——勺子在茶杯中叮叮作响，杯子碰在一起，从壶中倒出热气腾腾的茶水——感觉周围的一切平静、体面、品味高雅。整个漫长而安宁的上午，她都在甲板上望着太平洋，靠在帆布椅上享用鸡汤，听着大厅里弦乐四重奏的莱哈尔[1]的圆舞曲，观察比她早上船的乘客，这一切让她感觉更加安心。

下午一点，一个年轻人敲着手鼓走过，通知午餐开始。伊莎贝尔下楼来到餐厅，展开餐巾，一边看菜单，一边把弄着她的珍珠项链。她点了苏格兰三文鱼、烤牛肉和切达奶酪，有意不看那位年轻帅气的服务生，略带紧张地等待詹金斯如约而至。

"嗨，我是哈里森·比特。"

伊莎贝尔正在向粉红色的鱼肉片上挤柠檬汁，她停下动作，看见一位被太阳晒得黝黑、梳着紧实的分头的金发男人。他身材瘦削，薄嘴唇，一双灰色的笑眼让弯

---

1 全名弗朗兹·莱哈尔（Franz Lehár，1870—1948），奥地利作曲家。

腰行礼的躯体显得不那么僵硬。这个金发的年轻男人已经抽出椅子，等待伊莎贝尔准许他就座。

"我想是不是有什么误会，"伊莎贝尔终于支支吾吾地说，"这是詹金斯女士的座位。"

哈里森·比特坐下，把餐巾铺在大腿上，然后慢慢地露出蓝色条纹衬衫的袖口，解开白色亚麻西服的扣子。

"重新分配了。这是常事。"他一边看菜单一边笑着说，"服务生领班是掌管餐厅的耶和华。他把合适的人凑在一起，把不合的人分开。我就是开个玩笑，或许和您同桌的人对您不满，要求换座位了……"

"哦，不会的，"伊莎贝尔费力地用英语回答，语气严肃，"我们聊得很好。"

"那就怪服务生领班多管闲事吧。也不知道现今这些游轮都成了什么样子，服务真是差劲。服务生！您来点葡萄酒吗？不用吗？我和这位女士点一样的，外加半瓶滴金酒庄甜白葡萄酒。"

他又朝伊莎贝尔微笑，惹得她低下头去，迅速吃完了三文鱼。

"我们还没有正式地自我介绍呢。真遗憾，那天船长举办晚宴时您没有来。"

"不是的，我昨晚才到，我从阿卡普尔科上

的船。"

"啊！你是拉丁美洲人？"

"是的，我来自墨西哥城。"

"哈里森·比特，来自费城。"

"伊莎贝尔·巴列斯，家住汉堡街 211 号，伊莎贝尔·巴列斯小姐。"

"啊！您独自旅行吗？我以为拉美人都非常谨慎，总会派一位嬷嬷陪着小姐。别担心，我会照看你的。"

伊莎贝尔笑了笑，在同一天里第二次讲起她的生活。在一张四人的圆桌边，一只满是皱纹的手在空中挥了挥，朝她喊："哟吼，亲爱的。"伊莎贝尔又笑了笑，瞬间红了脸，接着继续讲阿德莱达姑妈是如何说服她在操持了十五年精品店后给自己放个假，但她很想念那间以金色和白色装饰的漂亮店铺，有趣的是，一件件细碎琐事——算钱、存钱，日常佩戴的三角丝巾、胸针、项链，以及手提包、化妆箱、各类小奢侈品的订购、上架和销售——是如何充实她的生活，变成其中不可或缺的一部分。这份喜爱的缘起大概可以追溯到她父母去世的时候——伊莎贝尔的眼睛垂得更低了——她家的几位好友建议她把父母留下的钱都投到店里去，虽说总共也没有多少。这位皮肤晒得黑亮的哈里森·比特用手撑着头听她讲，眼前萦绕着金边臣牌香烟的迷雾。

与"滑铁卢战役是在伊顿公学的操场上打赢的"这一名言相契合，这艘载满乘客的英国游轮宛如一座浮在水上的巨大竞技场，船上的每一股力量都勾结在一起：负责比赛的士官、身穿白色制服的长腿小姐、穿阔腿裤和海魂衫的水手，还有一些不自觉地模仿着吉尔伯特与沙利文[1]的作品人物的人。这样安排的目的是为了凸显"公平竞争"的英国传统，并依照十字军的精神，充分利用这段由上帝准允的短暂旅途，将这种传统铭刻在这群初次接触大不列颠岛的可怜的土著人心中。确实，罗德西亚号上践行的体育精神大致只能用纯粹英式的老生常谈来描述。然而，毫无贬义地说，即便一百年来不断有人讽刺、攻击这种精神，它依旧毫发无损，船上的船员和乘客也都自觉并骄傲地成为了这一英国传统的追随者。其中别有奥秘：英国人为自己塑造了一个滑稽可笑的外在形象，并在公开场合扮演那种形象，这样他们就可以在刻板印象的庇护之下各自过起隐秘又古怪的私人生活。

1　指维多利亚时代英国剧作家威廉·S. 吉尔伯特（William S. Gilbert, 1836—1911）与作曲家阿瑟·沙利文（Arthur Sullivan, 1842—1900）。两人在1871年至1896年间合作创作了14部喜剧，代表作为《皮纳福号军舰》（*H. M. S. Pinafore*）和《彭赞斯的海盗》（*The Pirates of Penzance*），作品常浸透着欢乐与荒诞的氛围。

"咱们去打板球吧。"哈里森·比特会在下午说，他合宜地穿着白色法兰绒裤子和一件墨绿色锁边的汗衫。

"咱们去看儿童游泳比赛吧。"哈里森·比特会在上午说，利落的白色毛巾布衬衫无懈可击。

"你从没见过苏格兰里尔舞吗？"哈里森·比特走进舞厅时说，这回穿着胸前绣有三一学院盾徽的蓝色运动上衣。

"今天有甲板掷环比赛的冠军争夺战。"哈里森·比特在又一天早上说，polo衫、短裤，露出两条长着黄毛的腿。

"今晚休息室里会举行赛马比赛。我压的是那匹'雾都的孤儿'，请您也下一镑的赌注。"这回是带有暗兜的吸烟装和漆皮便鞋。

伊莎贝尔没有多想便接受了这个观念：在这艘飘扬着三色米字旗的船上，虽然她不参与竞技，但出席观看各项比赛是每位乘客理所当然的义务。她总是那一套惯常的打扮：奶油色的衬衫或毛衫、珍珠项链、涤纶百褶裙、尼龙长筒袜、低跟鞋（这是她因为度假做出的唯一妥协）。伊莎贝尔跟在比特身边走遍了各层甲板，在各处的楼梯爬上爬下，坐热了所有的凳子，观看了每一场板球比赛，看网球赛看到脖子发僵，甚至在拔河比赛中为大汗淋漓的乘客队呐喊助威——虽说与之对战的船员队早就串通好，总会略逊一筹。

"加把劲！"

"再用力！"

"相信我们能赢！"

"真可惜！再量一下两个球门之间是不是二十二码。"

"比特先生是舍伍德森林绿队的投球手！"

"快，巴列斯小姐，扶着舞伴的腰，举起你的左臂！"

"体育精神万岁！"

"体育精神万岁！"苏格兰舞结束时，哈里森·比特把她搂在胸前，在她的耳边重复这句英文的口号。半个小时后，这间舞厅又将举行一场立体声唱片音乐会。

伊莎贝尔没有脸红。她把手放到脸颊边，仿佛想要留住哈里森·比特的气息。这位年轻的美国男人则笑着露出洁白的牙齿，翻阅起音乐会的节目单：马斯内[1]、威尔第[2]和罗西尼[3]的序曲。

"音乐会开始前去喝杯茶吗？"比特提议。

---

1 全名儒勒·马斯内（Jules Massenet，1842—1912），法国作曲家。
2 全名朱塞佩·威尔第（Giuseppe Verdi，1813—1901），意大利作曲家。
3 全名焦阿基诺·罗西尼（Gioachino Rossini，1792—1868），意大利作曲家。

伊莎贝尔同意了。当哈里森把饼干夹到小盘里，她轻声说："您活得真像个英国人……我是说，对于一个美国人来说。"

"我住在费城，宾夕法尼亚铁路沿线。 64 年就要去斯克兰顿了。"哈里森微笑着说，准备排队取茶。

他饶有兴致地看着伊莎贝尔，发现这位小姐并不理解他的言外之意。"我小时候大部分时间都和父母在伦敦生活。我见过吉尔古德[1]演绎的《哈姆雷特》，爱德华八世[2]退位，张伯伦[3]带着雨伞和一纸空文从慕尼黑归来，安娜·尼格尔[4]在上千部电影中展现维多利亚女王在位的六十年光辉岁月，比阿特丽斯·莉莉[5]演唱俏皮歌曲，杰克·霍布斯[6]在罗德板球场捧起冠军奖杯。"

"先生，格雷斯[7]才是英国历史上最伟大的板球运动员，无人能及。"一位身材健壮、白色八字胡向上翘起的男人对他说道。

---

1 即约翰·吉尔古德爵士（Sir John Gielgud，1904—2000），英国演员、导演、制片人，擅长表演莎士比亚戏剧。
2 爱德华八世（Edward VIII，1894—1972），英国及大英帝国各自治领国王、印度皇帝，1936 年 1 月 20 日即位，同年 12 月 11 日退位。
3 全名内维尔·张伯伦（Neville Chamberlain，1869—1940），英国保守党政治人物，1937 年 5 月至 1940 年 5 月担任英国首相，以绥靖主义外交政策闻名。
4 安娜·尼格尔（Anna Neagle，1904—1986），英国女演员。
5 比阿特丽斯·莉莉（Beatrice Lillie，1894—1989），英国女演员、歌手。
6 杰克·霍布斯（Jack Hobbs，1882—1963），英国板球运动员，曾效力于萨里郡板球俱乐部。
7 格雷斯（W. G. Grace，1848—1915），英国板球运动员，曾效力于格洛斯特郡板球俱乐部。

"霍布斯是萨里[1]的骄傲。"另一位小个子、不太好看的男人挠着白色络腮胡加入对话,他的胳膊下面夹着一台巨大的半导体收音机。

"我们格洛斯特[2]对区区萨里的骄傲不感兴趣。"翘胡子男人煞有介事地说。

"您是布里斯托尔[3]的?"络腮胡男人问。

"布莱克尼[4]。"翘胡子男人气愤地抬起头,"迪安森林区[5],赛文河畔!土地,不是石砖地,先生。"

"这不妨碍我们好好喝一杯。"小个子男人咳了咳,打开他随身携带的收音机,露出卡在电池槽里的半瓶白兰地。他取出酒瓶,打开,递给那位格洛斯特人,动作一气呵成。后者点了点头,把酒精接入茶水中,两人哈哈大笑。

"今晚在泳池边的吧台见,汤米。"格洛斯特人嘟嘟囔囔地说。

"不见不散,查利。"萨里人说道,把酒瓶装了回去,朝伊莎贝尔眨眨眼睛,"不想要我的梨子就别来摇我这棵梨树。"

---

1 英格兰东南部的郡(county)。
2 英格兰西南部的郡。
3 英格兰西南部的郡,临近格洛斯特郡。
4 格洛斯特郡辖下的教区(parish)。
5 格洛斯特郡辖下的区(district),包含布莱克尼教区。

"我还以为他们动真格了呢。"伊莎贝尔笑着说，"真有趣！"

"不准和他们交朋友！"哈里森一脸严肃地说，"英国有一半的人是这世上最正派的，另一半则堕落至极。"

他们在小写字间坐下，低声交谈。

"您对这世界看得真透啊，比特先生。"

"叫我哈里吧，我的朋友都这样叫我，伊莎贝尔。"

伊莎贝尔顿了顿，听着钢笔在蓝色硬卡纸上摩擦的声音。

"好……好的，哈里。"

周围有人咳嗽，翻书，在信封上签字。

"哈里……有您陪伴我真开心……抱歉……我这么说大概让您觉得很……很轻浮，墨西哥人也会这么觉得……但……但是起初我以为自己会很孤单……也不会和任何人交谈……您懂的……"

"不，我不懂。您的陪伴对我同样珍贵。我觉得您如此贬低自己毫无道理。"

"您这么想？您真的……这么想吗？"

"在我看来，您是这艘船上最惹人喜爱的女人。值得尊敬……"

“我？”

“是的，令人尊重，端庄得体。和您在一起我很开心，伊莎贝尔。”

“您？”

伊莎贝尔下意识地拽出夹在手腕和天鹅绒表带之间的花边手绢，擦了擦潮湿的手掌，急匆匆地走出房间。

蓝色睫毛膏？不不不，人们总说她最美的地方就是眼睛，不需要让它们更闪亮了；不过或许可以画一点黑色眼影；哪儿去了？哦，天哪，可不能丢了眉笔，怎么会带了那管没用过的可笑的睫毛膏，却忘记带眉笔了呢？洛夫乔伊先生，洛夫乔伊先生，按铃，她不知所措，为什么要按铃，等那位秃顶、大鼻子的洛夫乔伊先生进来，托他去商店买一支眉笔，这是半克朗，剩下的归你了；卷发筒又去哪儿了？做头发来得及吗？不，头发还湿着呢，在晚餐前两个小时洗头，真蠢，美容室总是人满为患，需要提前二十四个小时预约，哎呀，哎呀，好在香水还算高档，卡芬的“吾爪”，这款在店里卖得很好，不过晚礼服，哈里森，啊不，哈里他会喜欢吗？剪裁是否得当？谁知道呢，希腊式剪裁的服装总是很优雅，这点毫无疑问，来店里买东西的太太都爱把这种款式的名字挂在嘴边；谢谢你，洛夫乔伊先生，没错，就是这款，谢谢，零钱都归您，您可以离开了；底妆是不是太厚了？人们都说她的皮肤细腻自然，这种粉饼不适合她；哎呀，手指上都是暗粉色的化妆品，哎呦，怎么也弄不完了，瓶瓶罐罐随着轮船的晃动滚来滚去，简直一团糟，整盒面巾纸掉在了地上，小盖子里用来润湿化妆笔的水洒在大腿上，弄脏了丝袜，她近乎惊叫着站起身来，手碰到大腿，又把手指上黏糊糊的彩妆沾了上去，她失控地大叫起来，脏兮兮的手在镜子上抓挠，把粉色、肉色的指纹印得到处都是，索性用手掌糊满整个镜面，她哭了起来，扯下卷发筒，还哭个不停，用一只手把狭窄又不便的小桌上的所有东西扫落在地，口红、香水、睫毛膏、粉饼、腮红倾倒而出，脏了一地，各种气味混在一起；接着她冷静下来，在模糊的镜子里看见自己哭花了的妆容，她打开卸妆膏，用一张面巾纸抹去妆面上的一道道泪痕，害羞地拿起小剃刀，抬起手臂，在腋下抹了一点肥皂，刮掉短短的汗毛，又用一块湿毛巾擦干，涂上除臭剂——放哪儿了？找，先是在镜前的小凳子旁翻找，然后跪在狭窄的寝舱里，把东西都捡起来，哈里，哈里，要来不及了，还没打扮好，哎呀，哈里，哈里……

"时间过得真快。我们四天前离开阿卡普尔科，明天就要到巴拿马了。你在哪儿下船？"

"迈阿密。我会从那儿飞回墨西哥。这是原计划，是……"

"或许我们再也不会见面了。"

"哈里，哈里……"

"我们都将回到自己的国家，面对责任和义务。我们会忘记这段旅程。甚至，我们终会认为它无足轻重，不过是一场梦。"

"不，哈里，不会的。"

"那会怎样？"

"可是我还不够了解您……你……"

"哈里森·比特。37 岁。千真万确，虽然我看起来更年轻些。家住美国宾夕法尼亚州的费城。天主教徒。共和党人。格罗顿中学，哈佛，剑桥。在费城有一套房子，十四个房间。猎狐区还有一座小楼。藏有些宝贝，以及萨金特[1]、惠斯勒[2]和温斯洛·霍默[3]的油画。一辆老式名爵轿车。衣着朴素，均购自'布克兄弟'时装店。生活规律。喜爱狗和马。孝顺母亲——一位受人爱戴的寡妇，六十岁，性格刚强，记忆衰退。至于我的

---

1 全名约翰·辛格·萨金特（John Singer Sargent, 1856—1925），美国画家，尤其擅长肖像画。
2 全名詹姆斯·惠斯勒（James Whistler, 1834—1903），美国画家，主张"为艺术而艺术"，代表作为《惠斯勒的母亲》。
3 温斯洛·霍默（Winslow Homer, 1836—1910），美国画家，擅长风景画、版画。

阴暗面：每天十小时坐班。股票经纪人。这些够吗？”

"我……我不……我的意思是，您的生活比我的有趣多了。阿德莱达姑妈说，她年轻的时候，不管是聚会还是人，所有一切都美妙绝伦。我没有经历过这些。我上的是圣心学校，之后……从来没有男孩来找我，虽说，事实上我也没有期待过。姑娘们之间会谈论这些，我全当她们在瞎编。不过一切都很美好，不是吗？我的意思是，我不觉得自己的生活与其他人有什么两样，您懂我的意思吗？哈里……哈里……"

她的怀疑伴随着最热切的肯定，又和恐惧、愉悦混淆在一起，给予她一种从未有过的体验。而哈里的指肚在她后背精准地游走，在她脆弱、冰冷的脊柱上不断加深这种模糊的感觉。伊莎贝尔的晚礼服从后背系住，上面无规则地布满星辰，哈里带电的手指触到她浅蓝色的衣料，让她的后背宛若赤裸。怀疑、肯定，恐惧、愉悦，她感受到冷汗缓缓流下，仿佛脱离了欢快的皮肉，坚决地卸下她的理智与防备；她感受到炙热的震颤在体内横冲直撞，温热的血流剧烈搏动，冲击皮肤表面；她感受到又干又黏的舌头抵着娇嫩、湿润的上颚。她感受到自己的手臂倦怠地搭在哈里的肩上。舞厅天花板上零星的小蓝灯散发着微弱的光芒，伊莎贝尔的双腿像灌了铅似的在大厅中无意识地挪动。音乐声在远处跳动。其他在身边舞动的人都消失不见了，她羞涩地沉溺在哈里的臂弯里，伸出下巴去蹭哈里的衣领，把头窝在他的颈窝，嗅他身上的薰衣草香气。伊莎贝尔四下张望，却没看见那个翘胡子男人，那个留灰白络腮胡、长相难看的小个子男人，还有那位穿红色绸缎、总是挥着手指朝大家"呦吼"的加州女教师。刚才她和哈里沉浸在舞蹈中，任凭乐声飘荡、心头鹿撞，有个金发的年轻人多次靠近，目不转睛地盯着她，还时不时朝她挤眉弄眼，这时候他也不见了。

"来，伊莎贝尔。咱们到甲板上去。"

"哈里，我不该这样。我从不……"

"这时候甲板上不会有人的。"

静谧的夜色中，闪闪发亮的船尾余波和滚烫的泡沫如白色水银般肆意激荡，把关于阿德莱达姑妈、玛丽卢·尼斯街的店铺和汉堡街的公寓的记忆卷入了不声不响的螺旋桨，撕扯成一条条的海水，割断，而后抛入黑暗。伊莎贝尔落得迷茫、无力，她身上湿透了，闭着眼睛，半张着嘴唇，流下热泪，陷入哈里森·比特的怀抱之中。

"婚礼怎么样，杰克？"

"很浪漫，比利，像菲利丝·卡沃特[1]演的老电影一样浪漫。"

"他们一个人也没邀请？"

"没，就他们两个人，在希尔顿酒店附近的教堂办的。我躲在柱子后面偷看。这种事让我心潮澎湃。"

"切一块蛋白酥给我。"

"你脸皮可真厚。别忘了，我们现在可不是平起平坐的。"

"我们从前也不是一路的。我说过了，你会回来刷厕所的。"

"你能奈我何？"

"好吧。我会让兰斯洛特留一瓶哥顿金酒给你。"

"这还差不多，比利。"

"母猴穿丝绸……[2]"

"你是怎么知道的？没错，她穿的就是白色丝绸衣服，戴着薄薄的头纱。"

"我说的是你，笨蛋。"

"比利，你真他妈的混蛋。"

"好吧，那酒你要是不要？"

"区区一瓶金酒，就让你身边的这位白袍姐妹成了

---

1 菲利丝·卡沃特（Phyllis Calvert，1915—2002），英国女演员。
2 西语俗语，"母猴穿丝绸，还是母猴"。

不折不扣的守财奴，只能请朋友们不尽兴地喝点金酒。你认为这和我的绅士品格相称吗？"

"关我屁事。赶紧讲吧。"

"那天她的脸始终涨得通红，哭个不停。比特先生则是仪表堂堂，身穿蓝色西服和白色裤子，能迷倒布莱顿[1]所有的姑娘。"

"没错！比特先生一表人才，活像个英国人。好家伙，你问我的话，我也不羞于夸赞他。他看起来可比她年轻多了。"

"我就说你没心没肺。你这条干巴巴的老蜥蜴懂什么爱情？"

"嘿！我倒是可以教教你什么是爱情，倒是你，先把鼻涕擦干净吧。我那时候……"

"废话少说，让我讲完，得让你送的酒物有所值。我告诉你啊，出教堂大门的时候发生了一场小闹剧。她不愿意摘下头纱，而他一脸坚决，直截了当地把头纱扯了下来。她哭了，两手抓着头纱，她吻了他，但他像个倒霉的宫殿守卫一样僵硬。好一个蜜月的开头。"

"你没听见他们说了什么？"

"没有，笨蛋，得和他们保持距离，明白吗？后来

1　英格兰南部海滨城市。

他们从教堂走回酒店，忍受着巴拿马地狱般的酷热。她的裙子黏在后背，像长了条尾巴，浑身是汗。他也没好到哪儿去，真是一塌糊涂。到酒店后，她去发电报，他则在吧台喝了杯'拓荒者宾治'，那群穿着荷叶边长裙的丑八怪就在那儿跳巴拿马的鼓点舞。"

"他们为什么不在船上再办一次婚礼？一定会很有趣。我见证过好几次船上婚礼。船长能主婚，全套流程都没问题。"

"她是个天主教徒，你明白吗？有教堂就足够了。"

"你怎么知道的？"

"洛夫乔伊看过她的护照和其他证件。比'血腥玛丽'[1]还要虔诚。俨然一位披裹着英镑、先令和便士的异教徒。"

"你现在想要坐收渔翁之利了，嗯？"

"哎呦！比利！松开我的耳朵！啊！该下地狱的老家伙，我非得把你扔进油锅里炸了不成！"

"我不会放任不管，听到没有，杰克？我盯着你呢，你的那些小把戏可逃不出我的手掌心。他们两个都

---

1 即玛丽一世（Mary I, 1516—1558），英格兰和爱尔兰女王（1553—1558）。她是忠诚的天主教徒，继承王位后屠杀了大量新教徒，因而被称为"血腥玛丽"。

是安分守己的好人，现在平平淡淡地彼此相爱，你最好别去搅和，否则比利·希金斯有的让你受的，可别忘了，这二十年我从船员做到领班，我很清楚折磨人的手段。赶紧滚，立马沿着这条小道滚蛋。别忘了我胸前纹着格温多林·布罗菲的名字。"

"狗娘养的，海盗。"

凌晨四点，罗德西亚号载着微醺的乘客准备离开巴尔博亚港[1]。他们在中央大道的印度商店里淘来各种小玩意和带有花边的桌布，在蓝烟缭绕、有混血女郎的舞厅里折腾得精疲力竭，他们兴奋地看着红黑色的筹码在绿色绒垫上旋转，在光线闪烁的投币游戏机前神魂颠倒，圆形玻璃柜台一侧的管风琴折射着七彩光芒，其中奏出的热带音乐让他们如痴如醉。他们如释重负地告别了卡利多尼亚区[2]中或黄或紫的杂乱房屋，收容那些在夜晚转动蓝色阳伞的大肚子黑姑娘们的摇摇欲坠的木制板房，驶向运河区内修剪整齐的草地和坚实的楼房。他们略感反胃地呼吸着太平洋上的微风，爬上舷梯，回到轮船上。

"谢谢你们的小费！"出租车司机用英语朝他们喊

---

1 位于巴拿马运河南口。
2 位于巴拿马城内。

道，又用西班牙语补充，"我们这儿既没有钱也没有安宁！"

哈里森·比特向妻子伸出手臂。一个小时过后，浸在灰绿色海水中的米拉弗洛雷斯[1]船闸开启，夜色中，两匹"机械骡子"在黑色、油污的轨道上拖行，牵引游轮庄严地驶过闸口。灯火通明的罗德西亚号势不可挡地驶向黎明，通过佩德罗·米格尔闸口，迎着热带地平线上新生的阳光，按既定路线通过库莱布拉水道[2]。水道如一把白色匕首般割开满是湿地和香蕉树的密林，但似乎稍不小心，后者便会再度覆没这条人工勾画的线条。

一束阳光从小窗口射入，服务生洛夫乔伊正弯着腰把床罩和被单分开，并用他猎犬的嗅觉和两只眯成缝的眼睛仔细察看。杰克在寝舱门口叉着手笑。洛夫乔伊紧张地起身，又继续整理床铺。

"他们要换寝舱吗？"杰克问。

"嗯。船长请他们去住双人舱。"洛夫乔伊咳了一声，掸了掸毛毯，"他们运气好。之前住着的那对夫妇在科隆下了船。"

1　位于巴拿马运河。
2　库莱布拉水道（Corte de Culebra）是巴拿马运河中一道由人工开凿的水道，全长 12.6 公里，连通太平洋一侧的佩德罗·米格尔闸口和大西洋西侧的加通闸口。

"是啊，真是走运。"杰克微笑着说，用手指把烟头弹到了洛夫乔伊的光头上。

伊莎贝尔笑嘻嘻的。她用嘴唇无声地吟唱一支曲子，同时跟着音乐的韵律张开双臂，在双人寝舱里轻快地跳着舞。她赤脚感受地毯的搔痒，伸长的手臂蹭着窗帘。她停下动作，啃了啃手指，然后踮起脚尖，笑着跑到衣柜旁，哈里正在那里整理他的衬衫。

"哈里，船上收得到电报吗？"

"无线电报，亲爱的。"哈里皱着眉说。

伊莎贝尔用力抱住他，力气大到把她自己吓了一跳。

"哈里，你能想象阿德莱达姑妈收到消息时的表情吗？你知道吗？我发现自己攒够钱的时候就开始规划这次旅行了，我害怕独自出游，但姑妈说，或许会有一位五十多岁的正人君子爱上我。你会见到阿德莱达姑妈的。她还穿紧身衣呢。电报多久能到墨西哥？"

"几个小时就行。"

哈里把衬衫放进第一个抽屉，一摞是日常着装，另一摞是运动服。

"还有玛丽卢！她知道了一定很高兴，嗯，不过也会嫉妒。她该有多嫉妒呀！"

这位新婚的姑娘笑着，伸手环住哈里的腰。

"亲爱的，我们快收拾衣服吧，寝舱里乱得像马戏团的帐篷。"

哈里作势要拽下伊莎贝尔的手臂，但他顿了顿，抚摸她的手。

"好，好，过会儿就去。"伊莎贝尔把头靠在丈夫肩膀上，"因为是新生活嘛……亲爱的。"她琢磨起这三个字的意味，嘴唇一张一翕，默默重复了一遍。

哈里弯腰，用手抚过衣柜里的衬衫，确认已经收拾妥当："你可以把东西放在搁板上，这样就不用弯腰了。衣柜我们各用一半。美国轮船的空间更大，我们在这儿就将就一下。"

"好好好。"伊莎贝尔哼哼了几声，松开哈里，又跳起舞来。

"接着是盥洗用品。"哈里嘟囔着走向浴室，伊莎贝尔踮着脚，双手交叉撑在膝上，跟在他身后玩着踩影子的游戏，而这位年轻、苗条的金发男人则一边解开衬衫纽扣，一边用可疑的目光盯着冷气扇的栅门。

"小柜子归你了。"他接着说，"我用浴缸旁的小台子。你的瓶瓶罐罐放在这儿更妥帖。"他打开柜门，点着头说。

伊莎贝尔把手伸进哈里敞开的衬衫里，抚摸他的胸脯，触碰他潮湿的腋窝，又去抓他的背。她对着镜子，把头靠上他的头，两人在镜中紧紧相依，注视着彼此。

"我从前不知道，一窍不通。"伊莎贝尔说，她的哈气吹糊了镜子，"我以为那些姑娘在撒谎。她们的话让我害羞，她们见我脸红就笑话我。所以我一进门她们就会住口，捂住嘴巴不再聊了。你知道吗？我有时候看自己小时候的照片，然后照照镜子。我发现自己变了，与从前的模样不同。虽然我还有光亮的头发、大眼睛、皮肤……但是我的嘴唇好像变薄了，鼻子也变窄了……我把自己孤立起来，淡忘了许多事，还浑然不觉。哈里，你懂我的意思吗？"

"我最亲爱的伊莎贝尔。"

伊莎贝尔抬起眼神，发现他们两个都在看镜中的哈里。她用手掌抚摸丈夫的脸：

"晚饭前你得刮下胡子。你留胡子也挺好看，不过颜色太浅，快成白胡子了。"

"不，刮胡子会让我的脸变红。"哈里抬起下颌。

"你爱过许多女人吗？"伊莎贝尔在哈里裸露的胸脯上划着一道道曲线。

"不多不少。"年轻的丈夫微笑着说。

"没人爱过我，一个也没有……"伊莎贝尔亲吻哈里毛茸茸的胸脯，哈里猛地抽身。

"够了，伊莎贝尔！别再自艾自怜了。我最厌恶那些唉声叹气的人。"

哈里走出浴室。伊莎贝尔第一次注视镜中的自己，她摘下眼镜，摸了摸嘴唇。

"看来必须好好教教你。"比特在寝舱里坚定地说，"我熟读康拉德[1]的作品，早就知道人到了热带便会堕落。"

"到了热带……"伊莎贝尔重复道，她的目光离开镜中的自己，"不，墨西哥城海拔很高……哈里森，从我们昨天结婚到现在，你已经第二次训斥我了……"

回应她的是抽屉开开闭闭、窗帘拉来拉去的动静，接着是漫长的寂静。

伊莎贝尔等着。

哈里咳了一声。

"伊莎贝尔。"

"嗯。"

"抱歉，我对你有些粗鲁。我接受过严格的教育，你也同样，这正是我被你吸引的首要原因。因为你端庄得体、谨言慎行。只是缺少些个性。现在你嫁给了我，

---

1 全名约瑟夫·康拉德（Joseph Conrad，1857—1924），波兰裔英国小说家，作品多探索文化冲突的语境下的人性，代表作为《黑暗之心》（*Heart of Darkness*，1899）等。

就别再自艾自怜了。我说明白了吗？我不容许你这个样子，抱歉，我不许你这样。哈里森·比特的妻子必须昂首挺胸、意气扬扬地面对世界。伊莎贝尔，我和你说这些是因为我爱你。伊莎贝尔，我亲爱的伊莎贝尔。"

伊莎贝尔用湿漉漉的手拿着眼镜，跑出浴室，投入哈里的怀抱。她感动得泣不成声。在这间昏暗的寝舱中，她辨别不清得到抚慰的是她的身体还是精神。在新婚的夜晚，就是这双重的抚慰解除了罪恶的封印，将她失控的颤抖和又期许又排斥的温存释放出来，让她同时感受凉爽和温暖，如同哈里在黑暗中悄悄掀开的被单：伊莎贝尔隐约地体味着哈里的双手触碰她的身体，同时触碰她的灵魂。这因而成为有福的爱，是精神的结合，是被圣事包容的肉欲。她找不到恰当的词汇来表达感激。她又给阿德莱达姑妈写了一封无谓的电报，向她解释这一切，让她安心，告诉她自己被人爱着——怎么说呢？——或许就像她的父母那样相爱，是一样的。这种想法让她感受到甜蜜的慰藉和环绕周身的光明。但她同时意识到，少女时期被遗忘的梦境正攒成另一股力量，这力量回流而来，正把她拖进乌黑的海浪之中，使她无法呼吸，不过她还是喃喃自语："我很幸福，我很幸福，我很幸福。"

长长的浮桥开启，放罗德西亚号通行，伊莎贝尔看了看手表。轮船缓慢地进入威廉斯塔德港[1]的海湾。她发现表盘上的日历停走了。哈里正站在她身旁，把手肘架在褪色的木栏杆上，看着库拉索首府的众多荷兰式建筑尖顶从眼前经过：高耸的双坡屋顶几近竖直，从哈勒姆、豪达和乌得勒支[2]移植到了这个平坦、炎热、有着刺透晴空的炼油厂烟柱的加勒比小岛。伊莎贝尔问起日期，哈里心不在焉地回答星期日。她笑了，昨天他也说是星期日，所以她没去查看手表，直到这时她才意识到每天都像在过节，自从离开巴拿马以来她便再没有关注过这块带日历的手表——而在经营尼斯街店铺的日日夜夜里，这块手表始终精准地指示时间、日期和月份，不守时便可能被罚款。她想把这些告诉哈里，但还是微笑着克制住了，她可怜的丈夫对于墨西哥生活的想象太过梦幻：缺乏个性的热带居民、由嬷嬷陪伴的单身小姐、怠惰的时间观念、明日之国、天真无知……她抚摸他的手，两人继续望着密集的楼房缓慢经过，每一座上都有高耸的石板房顶和浅色的墙面，有的墙上装饰有老式纹章。轮船驶入海湾后，在两岸等待的大小汽车、自行车

---

1 威廉斯塔德港（Willemstad），荷兰王国在加勒比海的自治国库拉索（Curaçao）的首府与主要都市。库拉索靠近委内瑞拉海岸，曾在大西洋奴隶贸易中扮演关键角色，后荷兰皇家壳牌集团在该岛建造了一座庞大的石油精炼厂。
2 均为荷兰城市名。

和行人越积越多，伊莎贝尔向船尾看去，想要见证那座老旧、敦实的浮桥移动回位的全过程。尖厉的哨声响起，桥面落回到温热的地面，发动机声、喇叭声、人声和铃铛声再度合鸣。罗德西亚号庄严的通行仿佛给库拉索的生活画了个休止符：白色的大船悄无声息地划过，切开海湾中平静的水面，几乎没有激起一丝波澜，好似再次引发了魅人的仰望，又随即被日常琐事驱散殆尽。伊莎贝尔没有想到这些，但她确实地感觉到远处人群的仰望：掉了牙的黑女人、瘦削又兴奋的黑男人、汗流浃背的委内瑞拉人、冰冷优雅的荷兰人、胡子拉碴的西班牙人，以及腰身灵动、前凸后翘的混血女人，他们望着这艘轮船缓慢、轻柔地通过。之后，在港口的炎热街巷中，这群人又用混杂的语言、哼唱声和连绵不绝的吆喝声将她包围。他们把停靠岸边、覆盖着帆布篷的小船用作货摊，货摊遍布码头沿线，兜售香蕉、木瓜、红薯、椰子、番茄、橙子、黄芒果、青芒果、棘鳍鱼和石首鱼。黑男人们躺在船舱的阴影里享受漫长的午睡，他们枕着一箱箱气味浓郁的水果，咕咕哝哝地向远处劳作的黑女人们发号施令；女人们慢悠悠的动作如同慢镜头，她们向潜在的客人吆喝着货物，轮流承担这份酷热中的活计，在偶尔歇息下来的时候费劲地编起短短的鬈发，或者把汗湿的黑头巾系好。伊莎贝尔和哈里在城市里游逛，但无论是热闹的水上市场，还是有着北欧式肃穆气氛的赫尔夫里赫普莱因[1]和那里的市政厅、洛可可式底座上年轻的威廉明娜女王[2]雕像，都没能让她觉得突兀或是新奇，反而延宕了手表中时间停滞的感觉：这段刚刚开始的生活仿佛要永远地抹去过去的痕迹，新的时间既是静止的又在飞速流逝。他们穿过克肯斯特拉特街，闻着热带咖啡的香气。哈里走在前面，他挺拔的后背和矫健的步伐都证实了新生活的开始。意外的是，如今，她在有生之年学习并接受的价值观念正和往日中被禁止、抗拒的享乐混为一谈。她用目光追随丈夫的一举一动，见他在一家露天咖啡厅驻足，选定一张桌子，拉出椅子等她就座。伊莎贝尔站住了，双眼湿润，不自觉地哽住了喉咙。这个有着既喜悦又庄重的灰眼睛的英俊男人，这个头发金黄、嘴唇厚实的年轻人，这个手臂修长、双手灵巧的属于她的男人……

喝卡布奇诺的时候，伊莎贝尔告诉哈里，这次旅行让她想起童年时的游戏，那时候她的父母还健在，一家人住在埃利塞奥广场[3]附近的一座大房子里。从父亲年幼时起，那座房子的地下室就设有一个类似健身房的场

1　库拉索地名。
2　威廉明娜女王（Wilhelmina Helena Pauline Marie，1880—1962），1890 年至 1948 年间任荷兰女王。
3　位于墨西哥城的露天娱乐、集会场所。

所，每个星期六的下午，孩子们都会聚在那里。男孩们玩单双杠、吊环、跳板和一架很大的皮制跳马。女孩们则喜欢五花八门的墨西哥游戏，每种都配有押韵的口诀。"金柱银柱，布兰卡里面住。把柱敲碎，瞧瞧有谁。"伊莎贝尔一边回忆，一边有节奏地念了起来。"墨西哥姑娘卖水果，有橙子杏子，有蜜瓜西瓜。""捉呀捉呀捉海蛇，海蛇要从这里过[1]。"哈里歪着头，让她重复最后一句歌谣。他叉着手臂，望向小岛上方辽阔的天幕，一边听着她说，一边翻译成英文。

"海蛇，没错，狡诈的海蛇。哦老天。"

哈里暗笑，结了账。伊莎贝尔指着一家挂有"莫奇约伯"[2]招牌的商店，那里可以修理手表、打制首饰。她用左手示意右手手腕，提醒哈里她的手表坏了。两人走进店里。店主是位面色红润、脸颊下垂的荷兰老头，他检查手表，拆开表盘，调整了一下齿轮，把表还给伊莎贝尔。她戴上眼镜，在手提包里翻找。

"多少钱？"她问，"用美元付行吗？我好像只带了旅行支票。"

"一美元。"店主说。

---

1 这一口诀对应的游戏类似于中国的"一网不捞鱼，二网下小雨，三网捞一个大尾巴尾巴尾巴鱼"。
2 原文为 Mocky Job，其中 mock 有"愚弄"、"虚假"义，job 的本义是"职业"，也可能使人联想到先知约伯（Job）。

哈里抢先掏出一张钞票放在柜台上。伊莎贝尔拿着敞开的支票本愣在那里，在不知所措中羞红了脸，最后她微笑起来。

"谢谢。欢迎再次光临。"

"抱歉。"伊莎贝尔小声说，"我一直是自己付自己的，所以忘记了，哈里。"

"没关系，亲爱的。你会习惯婚姻生活的。你再讲讲，那首童谣接下来怎么唱？"

"捉呀捉呀捉海蛇，海蛇要从这里过。前面的，赶快跑，后面的，一网捞。"

"哦老天。"

"是呀，我觉得自己好像又回到了小时候，玩起这些游戏。现在一切都那么快乐，那么美好，长大之后我从没有这么高兴过，哈里。"

"说实话，上船的第一个晚上把我吓坏了。"伊莎贝尔一边说，一边小心翼翼地展开她放在枕头下的睡衣。

哈里已经躺下，把一本《财富》杂志放在盖着被单的膝盖上："可这艘英国轮船上全都是体面的人啊。"

"没错，我知道，但当时我还是慌了。瞧！库拉索的灯光已经离我们很远了。"

"船长的胡子修得一丝不苟，还有那位英国圣公会的牧师，那些德高望重的乘客，你不信任他们吗？"

"哎哟，新教的牧师比那位疯疯癫癫的酒保更吓人……"

伊莎贝尔笑了。哈里打了个哈欠。她看了看刚修好的手表，而他又开始懒洋洋地翻阅杂志。她提醒他晚饭的时间快到了。他说自己感觉筋疲力尽，不想去吃饭了。她谦恭地垂下眼眸：

"你不去的话，人们会议论的……"

哈里伸直双臂，摸了摸妻子的手。

"你让他们送一碗鸡汤和一份三明治来。我的好姑娘。"

"你愿意的话，我就陪着你。"

哈里歪着头看她，故意做出嘲讽的神情：

"你我都很清楚，你不想错过任何一个夜晚。"

"是的，但得是有你在的夜晚，真的！"

"很好，再好不过了。你就去吃饭，多想想我，和其他人说说话，喝上一杯，想象一下没有我的生活。等你忍受不了离开我的时候就跑回寝舱，告诉我你有多爱我。"

伊莎贝尔紧挨着哈里坐下，搂住他的脖子，叹着气说：

"和你在一起后一切都变得截然不同了。你在一切事物上都能发现令人愉快的一面，同时你又是这么正派……我真是又高兴又害怕……"

"害怕？"哈里抬头，把脸贴在伊莎贝尔的脸上。杂志掉在地上。"我们已经出了海湾。"

"我们从来没有聊过将来的打算。"

"大错特错。你当然得跟我回费城。"

"那阿德莱达姑妈呢？"

"她可以住过来。她一定会和我母亲相处愉快的。她会打桥牌吗？"

"她会成为累赘的。她上了年纪，而且专横跋扈。要是不让她做主，她准会不高兴。"

"伊莎贝尔，小可怜。你受了她不少欺负吧？"

"不，我不是这个意思。那样能让她高兴，我也喜欢有人替我筹谋，这样就不用操心了。我的意思是，我负责店里的事，而姑妈料理家务。再者，她擅长对付那些女佣，但这点我永远搞不定。我可以和商人、收税人打交道，都没问题，就是和女佣不行。她们让我不舒服，哈里。不过玛丽卢不一样，她虽然出身低微，但恭恭敬敬，嗯，她还学会了打扮自己，也懂得摆正自己的位置。有一次我病了，一个女佣竟敢摸我的额头，看我是不是发烧。我真是恶心坏了。而且她们怀了孩子都不知道爸爸是谁，类似的一堆烂事，真让我不舒服。"

"伊莎贝尔，我向你保证，我们家的用人都像夏天的云一样行事沉稳、知晓分寸。"

"对不起，我知道你不喜欢听人抱怨。那我还发什么牢骚呢？"她盯着哈里森，咧着嘴笑，"我回想自己所受的教育。修女们让我们穿长袖、高领的绿色制服，裹着长长的袍子洗澡，关了灯才能脱衣服睡觉……"

"亲爱的，已经八点了，你还没收拾好。我向你担保，我会立刻开始看书，而你要多想想我，回来时更加爱我。还有一件事，伊莎贝尔，你必须得克服恐惧。你自己去，和乘客们打打交道。要知道，回到费城以后我们就要过社交生活了。"

"好，哈里，你说得对。谢谢你，哈里。"

"快抓紧时间吧，我的好姑娘。"

"有件急事，杰克先生。"杰克正在一张四人圆桌旁品味鳗鱼，洛夫乔伊恭敬地俯下身去，贴近他的耳朵说道。这位光头服务生的低语被嘈杂的人声、有教养的笑声和刀叉碰撞瓷盘的声音淹没。

"说吧，洛夫乔伊。"

"丈夫没来用餐。"

"哪个丈夫，伙计？你觉得我掌管全船人的户口吗？"

"那位南美洲姑娘的丈夫。"

"啊，是他呀！他病了吗？叫医生了吗？我猜他是白天太累了吧。"

"不，不，杰克先生。他点了一碗鸡汤和一份肉泥三明治。我刚给他送去。"

"好的，洛夫乔伊。你可以离开了。"

"悉听尊便。"

杰克向同桌的乘客微微一笑，用餐巾擦了擦嘴，举起一根手指，"侍酒师！"他低声对那个戴眼镜、正在把弄胸前悬挂的银碟的年轻侍者说，"给二十三号桌的女士送一瓶唐培里侬香槟王。"

他签好账单，再次露出微笑。

"啊哈！"詹金斯女士见杰克伸长脖子确认那瓶置于银筒之中、盖着湿餐巾的酒被送到了伊莎贝尔的桌上。

"啊哈什么？"杰克粗暴地嘟囔着回应。

"杰克先生，您怎么这样粗俗无礼？"詹金斯女士笑道，"先生们，我们怎能容忍和这种无因的反叛者同坐一桌？"

那位来自格洛斯特的英国人整了整白色吸烟装的领

口，用一根手指摸了摸上翘的胡子："这就是民主。诸位要求的民主，这儿不就有吗？我从未想过今生会与一位昔日的服务生共进晚餐。"

他哈哈大笑，但杰克充耳不闻。他双手交叉撑着下巴，关注着伊莎贝尔收到香槟后的反应。

"你这个坏小子。"詹金斯女士气鼓鼓地嘟囔道，像极了一头混杂了猫的血统的大象，"我直接告诉你吧。她羞红了脸，说她的晚餐并没有点酒。服务生解释说是圆桌上那位年轻人充满敬意地赠酒与她。她的脸又红了，或许会将此解读为对她的新婚祝福。查利先生，您见过比那个墨西哥姑娘和我的费城同胞还要不登对的一对儿吗？"

白胡子老头嘟囔着说："无因的反叛者、机车夹克阿飞、有主见有风格的浪荡公子和叫做'帕帕拉齐'的流氓，他们是这个年代的祸害。"

"别犯傻了，查利。"翘胡子老头手法精湛地剔除鳗鱼的刺，"'帕帕拉齐'不属于愤怒的青年，那是一种意大利面[1]。"

"哈哈。"詹金斯女士大笑，活像头大象，"'帕帕拉齐'说的是英国报纸的伎俩，它可不是意大利面，汤

---

1 "paparazzi"意为"狗仔"，与"意面"（spaghetti）有几分相似。

米先生，这就和阉人不是男人一样，即便他们的外表并无二致……"

"唉，诸位闭嘴吧。"杰克听着那三个老家伙的笑声，啐了一口，紧接着向伊莎贝尔微笑致意。她不知所措，低下头继续吃饭。

"所以'帕帕拉齐'指什么？"来自萨里的汤米先生品尝着鳎鱼肉问道。

查利："是头戴鸡毛的意大利士兵。"

詹金斯："是臀部长有意大利语羽毛的埃及母鸡。"

汤米："是一种中世纪的酷刑，烧红了之后把刑具插进臀部。"

查利："今晚的主题是臀部吗？好吧，让我们假设人与人之间通过臀部而非面孔相认。"

汤米："早上好，您今天臀部的气色真好啊。"

詹金斯："只要在臀部搽点'欢愉'牌胭脂，您就会如冷饮般令人无法抗拒。"

汤米："你的臀部戴着这个假面，在狂欢节上我根本认不出你。"

查利："还有，臀部整形能让你成为荧屏新星：我们会称你为'屁眼巨人'。"

汤米："给你买一个单片眼镜，矫正括约肌

散光。"

詹金斯:"吃饭会成为一件失礼的事,需要回避,而排便则会有高贵的朋友们热情相伴。"

查利:"餐厅会摆有便盆而非餐盘。"

汤米:"服务生们无需呈上饭菜,只管接纳就好。"

查利:"好一个快活的世界!"

杰克用拳头砸餐桌:"你们他妈的给我闭嘴!"

"说到点上了!"汤米尖声说,"没错。闭上嘴巴,张开……"

"'帕帕拉齐'是指偷拍安妮塔·艾格宝[1]咪咪的那群滥交的杂种。"杰克喊道,接着大笑起来,一桌人都跟着他放声大笑。

"和下层人打交道可真有趣啊。"查利用餐巾捂住嘴巴,脸笑得通红。

"这种置换人生、忆苦思甜、与我们英国的愤怒青年和幸运儿吉姆[2]共度当下的经历啊。"汤米用一大口气感叹道。

---

1 安妮塔·艾格宝(Anita Ekberg, 1931—2015),瑞典演员、模特,曾出演意大利电影《甜蜜的生活》(*La dolce vita*, 1960)。
2 《幸运的吉姆》(*Lucky Jim*, 1954)是英国作家金斯利·艾米斯(Kingsley Amis, 1922—1995)的代表作,主人公吉姆·迪克逊是一名"愤怒的青年"。

"为拯救不列塔尼亚[1]。"查利举杯,打了个嗝,"这片崇尚疯狂禁欲的土壤。"

"这些人真是过分。"一位女士冷冷地说,餐厅里没剩下几个人。

"为拯救大不列颠!"汤米跟着举杯,轻蔑地看了那位女士一眼,"婊子们在这儿登上王位,这座挪借皇权的岛屿,这片威严之地,这里有斯蒂芬·沃德[2]的一席之地,还有安东尼·艾登[3]的,再加一小杯黑咖啡,这片孕育美女和怪物的沃土,牙买加皮条客的供给站,被巴滕贝格[4]搞大的肚子,这块福地,这个王国,英格兰!"

汤米跌坐下来,用迷离的眼神看向詹金斯女士:"说说看,美国佬有能与我们媲美的诗歌吗?"

詹金斯女士庄严地起身,甩着松弛的下巴肉唱了起来,惹得空荡荡的餐厅中围观的服务生们使劲憋笑:"哦,告告告告诉我,你看看看看见,迎着晨曦,我们

---

1 大不列颠岛的拉丁文名称,后衍生为不列颠女神的名字。
2 斯蒂芬·沃德(Stephen Ward, 1912—1963),英国整骨医生,与多位政客交好,曾被卷入英国政治丑闻"普罗富莫事件"(Profumo Affair)。
3 全名罗伯特·安东尼·艾登(Robert Anthony Eden, 1897—1977),英国政治家,曾于20世纪50年代任英国首相,在其任期中发生了第二次中东战争。
4 巴滕贝格(Battenberg)是德国姓氏。一战爆发、英德交战后,身居英国的路易斯·巴滕贝格亲王在表亲英王乔治五世的建议下,将家族德文姓氏从巴滕贝格意译为英文的蒙巴顿(Mountbatten)。当今英女王伊丽莎白二世的父系后代所冠的姓氏为蒙巴顿-温莎(Mountbatten-Windsor)。

在灿烂的日暮暮暮暮中降下彩旗，骄傲不不不不已……！"

这位老太太充满激情地伸直一只手臂，绷紧面部肌肉："嘣！阿拉巴马学校的孩子们飞上了天！啧！狄更斯的作品钻进了被窝！砰！快去买洛奇[1]出售的防空洞，他可不傻！嘣！杰克·帕尔[2]是我们的荷马，富尔顿·希恩[3]抚育我们长大！咚！我们看电视，为了尼克松和他的爱犬哭泣！叮！我们在圣金廷把切斯曼[4]整个烤死！滴答，滴答，滴答，滴答，行情瞬息万变，滴答、滴答、滴答、滴答，让我们大声祷告！我们还缺什么？你想要天堂？斯贝尔曼[5]给你。想要情绪？听听利伯雷斯[6]弹钢琴。想要获得朋友和影响力？给西班牙和越南送去几百万。想扮演海盗？在猪湾沉没。想要文化？杰基[7]装点白宫。哦，昔日的天真，哦，简陋的木

---

1 指纳尔逊·洛克菲勒（Nelson Rockefeller, 1908—1979），美国慈善家、商人、政治家，曾任美国副总统，重视原子能的研究与开发。
2 杰克·帕尔（Jack Paar, 1918—2004），美国作家，演员，脱口秀主持人。
3 富尔顿·希恩（Fulton John Sheen, 1895—1979），美国主教，因在广播、电视节目中出演而闻名。
4 全名卡里尔·切斯曼（Caryl Chessman, 1921—1960），犯下多起抢劫、绑架、强奸案，在位于美国加州的圣金廷监狱被执行死刑。
5 全名方济各·斯贝尔曼（Francis Spellman, 1889—1967），曾任纽约教区大主教。
6 利伯雷斯（Liberace, 1919—1987），美国钢琴家、歌手、演员。
7 指杰奎琳·肯尼迪（Jacqueline Kennedy, 1929—1994），美国第35任总统约翰·肯尼迪的夫人。

屋，哦，遥远西部的开拓者，哦，苏族[1]印第安人的攻击，哦，瓦尔登湖这片田园牧歌般的池塘，哦，在塞勒姆[2]绞死的女巫：米勒[3]，你的名字是丁梅斯代尔[4]！浓妆艳抹的林肯万岁！抹了除臭剂的格兰特万岁！坐在浴盆里的杰斐逊万岁！在这片富足的土壤上，让我们消费、挥霍，用杜兰特[5]的大鼻子闻一闻我们自己的屎！"

詹金斯女士几近窒息，如同一大坨果冻、一头厚皮动物、一把斧子般倒进查利怀里，憋得通红的脸庞正好对着坐在杰克身旁目瞪口呆的伊莎贝尔。"您不来一杯吗，昔日处女？"詹金斯女士呻吟一声便晕了过去。

"她怎么了？"伊莎贝尔惊叫，"我一点都不懂！先生，您的好意我心领了，不过我该回寝舱去了……"

杰克轻轻地拉住她的手肘："您得帮我们把詹金斯女士抬走。"

"咱们把这艘粉红色的自由飞艇搬到哪儿去？"汤

---

1 苏族（Sioux），北美印第安人中的一个民族。
2 位于美国马萨诸塞州。1692 年 2 月至 1693 年 5 月间曾在此发生塞勒姆审巫案，导致二十人被处以死刑，其中有十四位是女性。
3 指阿瑟·米勒（Arthur Miller, 1915—2005），美国剧作家，代表作为《塞勒姆的女巫》（*The Crucible*, 1953）等。
4 指纳撒尼尔·霍桑（Nathaniel Hawthorne, 1804—1864）的小说《红字》（*The Scarlet Letter*, 1850）中的人物。小说中，这位清教牧师与海丝特通奸，因隐瞒罪行备受煎熬。
5 杜兰特（Durante, 1893—1980），美国歌手、喜剧明星，其特征为大鼻子。

米拿起他随身携带的收音机，扭着身体说。

"快把她从我身上挪开！"查利喊道，他被九十八公斤的重负压得喘不过气来。

"抬去泳池吧台！"汤米一声令下，他伸出手臂，像挥舞铃鼓一般挥动收音机，里面的酒瓶叮当作响。

詹金斯女士睁开一只眼睛："你可真像横渡德拉瓦河的乔治[1]。"

"一条漂着冰块的威士忌河！独立和革命就在彼岸！"查利吹着口哨，他抓住詹金斯女士的腋窝，汤米抬起她的腿，这支欢快的队伍向泳池吧台行进，杰克和伊莎贝尔跟在后面。

"在船上可以过得很开心，比特太太。"

"太太？啊，对，对，比特太太。嗯，他说……我的意思是，我的丈夫说让我出来开心一下……没想到……"

"您原来怎么想的，太太？伊莎贝娅[2]。我能叫您伊莎贝娅吗？"

电梯门开启，大家挤了进去。年轻的电梯操作员用手捂住鼻子掩饰笑意。在安静的电梯里，汤米和查利抬

---

1 1776 年美国独立战争初期，乔治·华盛顿率领大陆军在圣诞夜横渡德拉瓦河，突袭驻扎在特伦顿的英军，扭转了战局。
2 伊莎贝尔的昵称。

着如同一堵软体墙壁的詹金斯女士，设法在漆过的四壁上寻找支点、站稳脚跟。一伙人你推我、我推你，伊莎贝尔和杰克被挤到了角落里。

"我叫伊莎贝尔，不叫伊莎贝娅。您怎么知道我的名字？"

杰克做了一个手势，显得意味深长、漫不经心又得意洋洋："伊莎贝娅更浪漫，更拉丁。乘客名单上有大家的名字，您不知道？"

"可是……"

"您觉得我太过随意，不够尊重？瞧瞧您周围！所有人都疯了！"

伊莎贝尔笑了。电梯门开启，他们经过一间常年开展乘客问答比赛的大厅。游戏司仪拿着麦克风提问，在台下二十几桌落座的小团队便写下答案和桌号，由一名队员跑去将纸条交到裁判桌上。一个穿阔腿裤的水手一刻不停地将每支队伍的得分记录在黑板上。老查利和老汤米稳健地抬着詹金斯女士，杰克和伊莎贝尔跟在后面，伊莎贝尔用手提包半遮着脸。当他们经过大厅，游戏司仪提问："精神分析由谁提出？"

查利喊道:"蒙哥马利·克利夫特[1]!"而汤米喊:"不对!是一位机智的沙发匠。"查利又说:"沙发和精神分析,哪个在前?"接着两人撒开手,把詹金斯女士像一袋砖头似的丢在大厅中间,他们扶着对方的腰,学康康舞[2]舞者的样子摆动双腿,用醉醺醺的声音嚎叫:

俄狄浦斯,俄狄浦斯,俄狄浦斯

这家伙为了庆祝母亲节

每天和母亲睡在一起。

伊俄卡斯忒[3],伊俄卡斯忒,伊俄卡斯忒

这位苟且之徒向我坦白

她和儿子生孩子。

大厅中的管风琴演奏起奥芬巴赫[4]的乐曲,查利和汤米抬起昏倒在地的女人,在笑声和掌声中跑出灯火通明的大厅,来到昏暗的泳池酒吧。他们终于把詹金斯女士安置在吧台前的座椅上,让酒保兰斯洛特扶着她。汤米窜到钢琴前,操弄琴键奏出德彪西式暗涌、

---

1 蒙哥马利·克利夫特(Montgomery Clift, 1920—1966),美国演员,代表作为《纽伦堡的审判》(*Judgment at Nuremberg*, 1961)等,曾出演电影《弗洛伊德》(*Freud*, 1962)。

2 康康舞起源于法国,是一种轻快粗犷、具有体育运动性质的舞蹈。

3 俄狄浦斯的母亲与妻子。

4 奥芬巴赫(Offenbach, 1819—1880),生于德国的法国作曲家。

缥缈的曲调，查利把手肘撑在吧台上，用清亮的嗓音说：“我还是认不出你，兰斯洛特！你这块午夜的红丝绒！”

胡萝卜头男人微笑，露出几颗滑稽的黑牙：“尊贵的先生，香槟加司陶特黑啤……”

“妈的！”查利捶在吧台上，“斯嘉丽·奥哈拉[1]！”

酒保晾着满口的烂牙笑了，他弯下腰，然后戴着一副金色的夹鼻眼镜起身，在一个盛满碎冰的调酒器中倒入威士忌、酸橙汁和一罐覆盆子果酱，快速搅拌起来。查利满脸充血、横眉怒目地看着他摇动调酒器。

“下船吧，兰斯洛特，下船吧！这儿肯定容不下你！别在这艘尽是乌克兰移民的小破船上浪费时间了！枫丹白露宫、马利城堡、温莎城堡、彼得夏宫、无忧宫、美泉宫[2]、Sardi's餐厅[3]、罗贝尔瓦蒂埃宫，全世界的宫殿豪宅和王公贵族都渴求你的服务……你这蟋蟀！蚱蜢！”

兰斯洛特再次弯腰，又戴着高顶礼帽和缀有黑丝带的单片眼镜起身，他在另一个冰的调酒器中倒入一盎司奶油、一盎司可可利口酒和一盎司薄荷利口酒，接着把

1　一款混合了南方安逸香甜酒、蔓越莓汁和青柠汁的红色鸡尾酒。名称来自玛格丽特·米切尔的长篇小说《飘》中的女主角，又译郝思嘉。
2　均为皇家宫殿。
3　位于纽约曼哈顿区的著名餐厅。

这杯冰酒端给燥热的查利。面对黑色、红色、绿色的三杯鸡尾酒，这位格洛斯特人沉默了，他手不碰杯地将三份液体一饮而尽，三种颜色沾在白胡子上，让这个有点神志不清的人的嘴上显现出某个尚未解放的国家的国旗颜色。

"一杯'杨树'……"他在昏倒前最后叹出一口气，"送给我们的墨西哥客人……"

伊莎贝尔和杰克坐在钢琴边，她接过高脚杯，里面是西柚汁和威士忌的混合液。

"记得'杨树'吗？"酒保头戴一顶弗里吉亚帽[1]，眨着没有眉毛的眼睛用英语问她。

"就是西柚汁。"杰克说。

伊莎贝尔不情愿地喝了一口。

"可我从来不喝酒。"

"那你不喜欢我献给你的香槟？"

"不，我喝了。可是香槟是喝不醉的。"

"我想起在加州的岁月。"汤米一边弹琴一边说，嗓音甜美，目光迷离，"在奥克兰的一家酒吧，正是禁酒时期[2]。那时候我们年轻，逍遥自在。成年人的重担

---

1 一种与头部紧密贴合的软帽，帽尖向前弯曲，典型的颜色是红色。
2 指1920年至1933年间美国颁布宪法限制一切酒精类饮品的生产、运输、进出口和销售的时期。

还没有压到我们的肩上。人一辈子只年轻一回，太太。"他朝伊莎贝尔挤挤眼睛，"当时我深爱着一个自称拉弗内·奥马利的群众演员，电影里就是她把攀登城堡的绳子拿给范朋克[1]。那时候我们年轻又浪漫，载歌且舞。"

汤米重重地敲着琴键，从胸腔底部挤出一句哼唱：

"你如何将他们留在农场，他们已经见识过巴黎黎黎……"[2]

他眼眶湿润地望着伊莎贝尔和杰克。

"别浪费时间了，小树袋熊们。床是让你们亲近、相爱，经历相互熟悉和折磨，最终醒悟，投入真情的唯一地点。阿尔·乔尔森[3]毁了拉弗内，'旧金山，我回来了，回到出发的地方，斯瓦妮，我多爱你，亲爱的老斯瓦妮，桑尼男孩，如果没有来信，你将了然我已锒铛入狱，小——小——小甜甜，你别哭'[4]，她的嗓音足以

1　全名道格拉斯·范朋克（Douglas Fairbanks, 1883—1939），美国演员。
2　一战后流行的英文歌曲。
3　阿尔·乔尔森（Al Jolson, 1886—1950），美国歌手、喜剧演员，曾被冠名"世界上最伟大的艺人"。他成名于第一部有声影片《爵士歌手》（*The Jazz Singer*, 1927）。
4　歌词依次来自阿尔·乔尔森演唱的《加州，我来了》（"California, Here I Come", 1924）、《斯瓦妮》（"Swanee", 1919）、《桑尼男孩》（"Sonny Boy", 1928）、《小——小——小甜甜，再见!》（"Toot, Toot, Tootsie, Goodbye!", 1922），这几首歌曲曾广为传唱，此处作者将其中的歌词拼在一起并略加改动。

拦截洲际导弹，却和约翰·吉尔伯特[1]、拉蒙·诺瓦罗[2]同期陨落，如今在威尔希尔大道[3]尽头的一条死胡同里经营招待所，收容退隐的演员……"

汤米的声音哽住了，趴在琴键上哭了起来。杰克紧紧抓住伊莎贝尔的手，微醺的比特太太没把手抽出来。她用模糊的目光扫过三具了无生气的躯体：由凳子撑着、在吧台上鼾声震天的詹金斯女士，蜷在地上、枕着一个铜痰盂的查利，在寂静的琴键边抽泣的汤米。杰克仍然目不转睛地看着伊莎贝尔，他抓着她潮湿的手，用口哨吹起《天佑女王》[4]的第一节。兰斯洛特踮着脚走去打开留声机，里面传出萨拉·沃恩[5]的歌声。杰克拉着伊莎贝尔的手臂带她起身，他把手放在这位新娘的腰上，以缓慢到近乎静止的节奏跳起舞来，舞步慢得像是在给比特太太催眠，她从未有过这种体验，更何况是站着被人催眠。她昏昏沉沉的脑袋里闪过一连串发散的形象：童年的歌谣、哈里的皮肤、拍击着罗德西亚号龙骨的海浪、英国消毒剂的芳香、满溢的鸡尾酒。眼前这第

1　约翰·吉尔伯特（John Gilbert, 1899—1936），美国演员，主要活跃于默片时代。
2　拉蒙·诺瓦罗（Ramón Novarro, 1899—1968），墨西哥演员，主要活跃于默片时代。
3　美国加州洛杉矶主要的东西干道之一。
4　英国国歌。
5　萨拉·沃恩（Sarah Vaughan, 1924—1990），美国爵士乐歌手。

二个男人没有抱紧她、强迫她，而是与她保持距离，目不转睛地看着她，就像那首节奏极慢的歌曲唱出的感觉："我忧郁的小女孩……"她变成了另一个人，正如独自站在阿卡普尔科码头时经历的那次转变，而今码头的记忆已经显得遥远而虚幻。她过去接受的规则正在崩塌，面对查利、汤米、詹金斯女士和杰克的话与眼前的情形，她感到无所适从，而杰克依旧目不转睛地看着她……

"伊莎贝娅，从你登上游轮时起，我的眼睛就没能离开你……"

"金柱银柱，布兰卡里面住……"

"你还好吗？"

"把柱敲碎……"

"但你从不看我一眼。"

"我从没注意到你。"

她感觉腹部涌起一阵热浪。

她用手臂圈住杰克，吻上他的唇，之后马上表情惊恐地抽身。他们目不转睛地望着彼此，杰克微笑着看她，眼神迷离。伊莎贝尔用双手捂住脸，羞得弯下腰去。太阳穴已经没那么烫了，但腹部还是温热的。她跪倒在杰克身前，而杰克一动不动，双腿像两棵树般强健有力。

"哦杰克，杰克，哦杰克……"

"来，起来。把手给我，咱们去透透气。"

"抱歉。我喝高了。我从不喝酒的。从不……从不……"

她又一次感受咸咸的浪花蹭过脸庞，如同锋利的船只划破冰冻的湖面。但这次不如最初那般新鲜，反倒让她感觉异常恶心。

"带我回我的寝舱，杰克，拜托你。我感觉很糟。"

"你想这个样子回到丈夫身边？"

"不，不。我该怎么办？"

"新鲜空气会让你平静下来。靠在我肩上吧。"

"你会怎么看我？"

"和从前一样，把你视作船上最可爱的姑娘。"

"骗人，别开玩笑了。"

她意识到，不管怎么喊，风声都会完全盖过她的声音，在此时此刻，喊叫等同于缄默。闪电同样静默，无声地照亮了地平线。杰克的嘴唇在动，但她什么也听不见。风吹动两人的头发——杰克的金发和伊莎贝尔的黑发，她的发丝遮挡住视线，又沾上了口水。杰克摘下伊莎贝尔的眼镜，把它抛向大海。伊莎贝尔伸手去够，却只碰到漆黑海洋中如声音一般无形的空无。杰克微笑着拿过伊莎贝尔的手提包，取出眉笔和口红，开始迅速又细心地描画一张全新的面庞，画出弯弯的眉毛、饱满的嘴唇，又用手整理发型。伊莎贝尔感受他的手指抚摸自己的鬓角、额头和嘴。终于，杰克向她展示小镜子中新的模样，改变细微但分明：眉形张扬，丰润的嘴唇使面部更加匀称，蓬松的发丝让她整个人显得更有魅力。风停了，两人再次听见对方的声音。

当他们回到大厅，三个老家伙已经清醒过来，正坐在绿色皮椅上玩一种自创的游戏：引用莎士比亚的句子来交谈。殷勤的兰斯洛特给他们准备了以橙汁为底的苦味鸡尾酒。查利讲道：

"正如我最爱的侦探所言，既然已有不朽的、美好的表达，何必再费口舌去重新发明？敬莎翁！同性恋？马洛[1]？就让中情局去调查吧。他道出了一切，所以，为了上帝的缘故，让我们坐在地上，讲些关于国王们的死亡的悲惨的故事。[2]《理查二世》。"

詹金斯女士压住嗝声："我一喝了酒，头脑就会糊涂起来。[3]《奥瑟罗》。"

---

1 全名克里斯托弗·马洛（Christopher Marlowe, 1564—1593），英国剧作家、诗人。马洛与莎士比亚同时代，有学者质疑莎士比亚的戏剧实际为马洛所作。
2 《理查二世》第三幕第二场。以下引用的莎士比亚作品均参考朱生豪译本。
3 《奥瑟罗》第二幕第三场。

汤米用钢琴弹奏门德尔松[1]的《婚礼进行曲》："非常悲哀的趣剧。[2]《仲夏夜……》"他微笑着的脸上抑制不住地流下眼泪，"……之梦》。"

"因为一个轻浮的妻子，是会使丈夫的心头沉重的。[3]"查利叹道，"《威尼斯商人》。"

詹金斯女士夸张地喊道："何时姊妹再相逢……雷电……轰轰……雨蒙蒙……"

查利和汤米紧张而兴奋地站起身，高举酒杯，齐声呼喊："且等烽烟静四隃，败军高奏凯歌回！[4]"

"愚蠢至极。"杰克耸耸肩，背过身去，"就快被绞死了还不明白怎么回事，上了刑场还做出一副惊慌失措、清白无辜、端庄矜重的模样，真是该死。干脆往他们的屁眼里塞个爆竹。"

"杰克……你的用词……"伊莎贝尔嘟囔着说，"我想现在我真该回去了。"

杰克抬了抬眉毛，呲牙咧嘴地说："怎么？好话说完了，咱们的浪漫故事就跟着结束了？哇，姑娘，你还

1 全名费利克斯·门德尔松（Felix Mendelssohn，1809—1847），德国作曲家。后面提到的《婚礼进行曲》指门德尔松为莎士比亚的戏剧《仲夏夜之梦》所作序曲。
2 《仲夏夜之梦》第五幕第一场。
3 《威尼斯商人》第五幕第一场。
4 《麦克白》第一幕第一场。

真是天真。你以为自己在和谁打交道？好戏终场了？那就来认识一下杰克·墨菲这个混蛋吧。过去的八年他都在这艘船上服侍，现在花光了全部积蓄，换取一段与优雅绅士和窈窕淑女共处的日子……"

"你……您……是个用人？我……我吻了一个下人……？"

"还是最下等的那类，宝贝。我用这双修剪得当的手刷过马桶，捡过避孕套，你觉得怎么样？"

"请放我离开……"

"你坐好。我还想要认识一下这位不愿被用人爱戴的高贵太太。激情，女人都渴望激情。在这样一趟旅程中，我会和多少可敬的太太同床共枕呀？"

"詹金斯女士！求求你！救救我！"

"可是我却为你的天性忧虑。"远处，这位强壮的加州女人鸟叫似的答道，"它充满了太多的人情的乳臭。[1]《麦克白》。"

杰克抓住伊莎贝尔的手腕："我今天接到了电报，你觉得是什么？"

"我不知道，我不知道，什么电报？我的上帝……啊，玛丽卢，或者姑妈，她们……"

---

1 《麦克白》第一幕第五场。

"是我的老娘，她一辈子都在布莱克浦[1]的街上卖花，在剧院出口那儿，你知道吗？像过去的歌剧里那样，受着雨雪风霜……我却把全部积蓄砸在一张船票上。我在这儿有的喝都是因为他们可怜我。"

"您弄疼我了。不管怎样，请您放开我。我丈夫……"

"你对我母亲的事毫无兴趣吗？真是铁石心肠。"

"先生，我什么都没明白，放我走吧，求求您……"

"心脏病。三个月内必死无疑。可她身上一便士也没有，没法支付那该死的医院的费用。我却在这儿和你风花雪月，我却……"

杰克扑在伊莎贝尔的膝上泣不成声。

伊莎贝尔把双手举在空中，像在驱除恶灵，而后终于把手放到杰克的金发上。

"杰克……先生……哦我的上帝，这时候该做什么？我从未……"

她打开手提包，拿出一块手帕，轻轻擤了擤鼻子。

"美即丑恶丑即美。[2]"查利打着嗝说。

---

1 英国地名。
2 《麦克白》第一幕第一场。

伊莎贝尔从手提包里拿出蓝色皮夹，打开，取出钢笔，快速地用在圣心学校学习的花体字在每张支票上签名。她用生硬、痛苦的声音说：

"您需要多少？二百美元？五百？说吧。"

杰克没有回答，啜泣演变为长长的哭号，同时他不断地摇头。

伊莎贝尔把旅行支票塞进杰克的上衣口袋里，像拿起一颗易碎的水晶球般移开他的头，然后缓缓离开酒吧。兰斯洛特用那双满是胆汁的眼睛追随着她，漠然的醉酒三人组在不知不觉中慢慢停下了引用的游戏：

"妈的。"查利打着嗝说。

"吐出来就好了。"哈里森·比特说。

哈里穿着那套他喜爱的搭配：蓝色亚麻西服和白色法兰绒裤子。他面对镜子整理着装，而伊莎贝尔半躺着，也看向手中的镜子，她头顶挂着用洛夫乔伊给的钉子固定好的瓜达卢佩圣母[1]像。她看到镜中的自己，露出不快的表情，接着伸出舌头仔细查看，闻到了哈里喷在手帕上的古龙水的香气。

"哎呀，瞧，哈里。我的舌头从没这样过。哎呀，

---

1 墨西哥的天主教所信奉的圣母形象。

真羞耻。"

哈里神态迟疑地看着镜中的自己。

"我都不敢相信，伊莎贝尔。你竟和那群无耻之徒混在一起。"

他解开领带。

"哎呀哈里，我不该告诉你的。"

他皱着眉头打开衣柜。

"不，你我之间不应该有所隐瞒，我很感谢你对我坦诚。至少你现在知道，两杯香槟加一杯鸡尾酒就能让你栽进海里。我还需要教你如何在社交场合饮酒。"

他叹了一口气，选择了一条带红色斜条纹的蓝色领带。

"你瞧，我还是该和你待在一起。你非让我自己去玩……"

他立起衬衫领子。

"没错，但谁知道你会和那种人一起。船上有的是受人尊敬的夫妇，你应该懂得抉择。"

他系上新的领带。

"三点钟我们会在特立尼达岛靠岸。有兴致去看看吗？"

他仔细打量着镜中的自己。

"不了哈里，我没办法下船。我感觉胃里翻江倒海，头也像块石头一样。哈里……"

他看着自己的一身穿戴，露出了满意的微笑。

"我从没想过有一天需要帮我的妻子解酒。真是讨厌，伊莎贝尔。要是我们不约束自己的行为，谁……？"

伊莎贝尔站了起来，她头发凌乱，黑眼圈很重，面色发黄。

"哈里，哈里，你别再让我内疚了……哈里，还有更糟的没告诉你呢……哦哈里……"

伊莎贝尔跪倒在地，泣不成声，抱住丈夫的腿。

"什么？"哈里没碰她，"伊莎贝尔。我可以不对你过分苛刻，但我的容忍也是有限度的。伊莎贝尔，你做了什么让我蒙羞的事？"

"不，不，不。"伊莎贝尔哭哭啼啼、结结巴巴地回答，"不是你想的……哈里！你怎么会那么想？哦哈里，哈里，亲爱的，我的丈夫。哈里，我是觉得我那么做可以羞辱他，让他付出代价……"

"说出来吧，女人。"

伊莎贝尔抬起头，眼前高大、金发的丈夫像是一片被阳光烤焦的麦子："我给了他钱，我是为了羞辱他，你懂吗？只是这个原因……"

"真是胡闹！"哈里用力摆脱伊莎贝尔的手臂，

"特别是，你完全没必要对那个无赖上纲上线。我今天就去找他，让他还钱，虽说和那种寄生虫打交道真让我恶心。你给了他多少？"

"我不知道。"伊莎贝尔坐到了地上，"我觉得有五百美元，数一下支票就知道了……哈里……你别去找他，我求你了，咱们把这些都忘了吧。"她费力地爬起来，四肢着地："我明白了，哈里。发生了太多事，我都糊涂了，现在我都明白了。以后你负责管钱吧，求求你了。"

哈里伸手拉她，伊莎贝尔晃晃悠悠地站了起来。

"我不想再过问你的钱了，你愿意的话可以把钱都交给姑妈。别忘了你在和谁说话。你会慢慢了解我的，到时你会明白，荣誉对我而言……"

伊莎贝尔用手捂住他的嘴，艰难地走到床头柜旁，拿起手提包，坐下，飞快地在一张接一张的支票上签名。

"你帮我管钱吧，求你了。昨晚的事要是重演，光是想想都让我恶心，哈里……"

"我的钱和你的钱应该始终分开保管。这是我们一起生活的前提。"

"这些钞票太烫手了……你拿着，拿着，快拿着。"

她把支票一张一张地撕下来，递给哈里。

"好吧，如果你执意如此。"哈里不快地接过支票，随即决定，"到特立尼达之后，我会在我的银行里用你的名字开户，等我们回到美国，你就可以支取了。我希望到那时你能恢复以往的品行。"

"好的，哈里，好的。现在我要你宠我，我要你给我买东西，就连去美容室我也会先问过你的许可。"她用手捋了一下头发，"我现在看上去一塌糊涂，是不是？"

哈里拉起她的手，吻了吻："亲爱的伊莎贝尔。"

"好了，哈里。你准备下船吧，别担心。我下午就在这儿休息。"

轮船减速。伊莎贝尔帮哈里整理手帕和领带，然后跑到床头柜前，打开抽屉，把护照递给哈里。

"给你，你忘了这个。"

"啊，谢谢。"

哈里走出寝舱。伊莎贝尔穿着睡袍跪坐在床铺上，她透过舷窗望见轮船驶入西班牙港[1]的码头，停靠时翻起海底的黄泥。岸上的黑人接过从罗德西亚号上扔下的麻绳，他们的声音，以及舷梯下降到码头的动静都被阻

---

1 位于特立尼达岛西北侧。

隔在玻璃窗的另一侧。在忙碌的码头工人身后，尽是些外壳斑驳、又旧又长、黑黝黝的货仓。她看见哈里下了船，用指节敲了敲舷窗，哈里没有看过来。他走进了货仓的一扇黑门。寝舱门上响起另一阵指节的敲击声。伊莎贝尔裹好衣服，靠在枕头上。

"请进。"

洛夫乔伊的长鼻子探了进来，他说明来意并请求原谅。他满脸殷勤，胳膊下夹着一个玻璃纸小盒，苍白的手指间还有一个信封。他把两样东西放在伊莎贝尔的膝头，然后像个日本使节似的退了出去。

伊莎贝尔打开那个缀有汗水的湿乎乎的盒子，里面是黄色和粉色的兰花。她撕开信封，晃了晃，掉出三张旅行支票、几张五英镑的纸币和一张纸条。她闭上眼睛。最后终于鼓起勇气读信：

亲爱的伊莎贝娅：我爱你。你会相信我的心意吗？杰克。

另：我用你的钱买了花。希望你能同意。放肆，但爱你的，杰。

反胃的感觉又一次袭来，哽在喉头，接着化为一阵粘腻在齿间的甜蜜。伊莎贝尔不敢碰那束兰花，也不敢碰那些支票和纸币。她把纸条贴在胸前，闭上眼睛小声念：

"我爱你。（"你"字加重）你会相信我的心意吗？亲爱的伊莎贝娅。"她把脸埋在枕头里，很快又伸手去摸那个玻璃纸小盒，终于碰到了带有绒毛的花，抚摸起一片片娇嫩的花瓣。

"哎呦，杰克！你弄疼我了……"

"她什么表情？"

"慢慢你就懂了。"

"你什么意思？恶心的玩意，我恨你……"

"你听我讲，杰克小乖乖。"

"洗耳恭听。"

"她脸上一点反应都没有。"

"没别的了？"

"我在门后探听里头的动静。她只是叹气。"

"收好你的报酬！"

"哎呦！别这样，杰克，求你了！我再也不了！对！再来！别吝惜你的皮带！看在老天的分儿上，我随你处置，你打我吧！"

"你这个令人作呕的怪胎、黑种、鼻屎，你就受着吧……"

“哦杰克，我不再这样了，你说，我还能为你做什么……”

“跪下，下贱的洛夫乔伊。听见汽笛声了吗？永别了，特立尼达。你没意识到吗？旅行正在继续并且即将结束，到时候你还能做什么？”

“我不知道，杰克，但如果在这之后你还想再做一次，一次……”

“再也不会了，洛夫乔伊，我不会再做这种事了。起来吧，该死的蜘蛛，滚去缠你的网吧。”

“哦，杰克，哦。”

晚饭时分，游轮从西班牙港起锚。用过甜品后，哈里邀请伊莎贝尔去大厅喝咖啡。他们坐在一张深陷的沙发里，每每见到身着晚礼服、挽着手臂、一边散步一边等电影开场的情侣，便彬彬有礼地点头致意。船长上前和他们打招呼（“啊，你们就是那对新婚夫妇。旅途一切顺心吗？什么时候来指挥台看看？”），圣公会的牧师也来了（“抱歉，实在抱歉，我错失了为二位证婚的机会，不过我们毕竟都是主的孩子，不是吗？重要的是信仰，不是形式，没错”），还有大副（“二位一定觉得这船太小，盛不下你们的幸福吧？你们愿意的时候，我带你们去机舱看看，你们就会知道这船有多大了”），

205

船上的赛事主管（"大家都怀念您在板球比赛中的表现，比特先生。您嫁给了船上最好的击球手，太太。他简直像是英国人。当然，我这么说无意冒犯"），一对美国中年夫妇（"我们还没来得及恭喜你们。这是旅途中发生的最浪漫的事了，大家都这么说"），另一对来自英国的老年夫妇（"没什么是比一趟海上旅行更好的休养了。回国之后就有的受了，三十四个孙子孙女"）。不过，直到一位眼圈发黑、身穿黑衣的哥伦比亚女人前来搭话时，伊莎贝尔才注意到在场的另一个人：几米之外，杰克正在桌边打牌。他洗牌、分牌、抓牌、下注、输牌或赢牌，视线从未离开伊莎贝尔。

"我们早该见面聊聊的，这船上来自拉丁美洲的就咱们两个。"

"是的，很高兴认识你。真的是这样呢。"

"我当然能够理解。您刚和'黄毛'结婚。"

"什么？"

"'黄毛'，'黄头发'，'金毛'，'金头发'，你们那儿怎么说？"

"啊，'金发'，我们是这么说的。"

"那就回头再见了。"

"嗯，当然。再见。"

"你看什么呢，亲爱的伊莎贝尔？"哥伦比亚女人走远后哈里问道。

"没什么，哈里，真的。我就看看大厅。"

"你发现了吗？船上的夜晚是可以过得非常愉快的。"

"是的，哈里。"

"那我为什么觉得你有些难过？"

"不，我不难过。我只是平静下来了，并没有难过。"

"换作是其他女人都会觉得很幸福。"

"对，我正想说呢。我感觉幸福，所以感觉平静，不是吗？"

"当然了，而且是双倍的幸福。我想，这艘船上没有第二个女人能让两个男人魂牵梦绕了。"

"你想说什么？哈里，我求求你，咱们别再提这件事了。"

"你真大意。枕头下可藏不住情书。"

"哈里。"

"哦上帝。'放肆，但爱你的，杰。'你真是既粗心大意又水性杨花，亲爱的。"

"但我并没有……"

"对，我懂。女人都是这样的，你也不例外。现在你知道我心生妒忌，便想以此折磨我。"

哈里表情严肃，不安地笑了笑。伊莎贝尔不知如何作答，但她骄傲地抬起了双眼。

"你甚至改变了妆容和发型，我都发现了。你怎么搞出这么一对浓妆艳抹的眉毛，还有这嘴唇……伊莎贝尔，我在和你说话呢。"

她肆无忌惮地迎向了杰克深情的目光。这位金发的年轻人继续一声不响地洗着牌。

"这儿，先生"，"瞧这儿，帅哥"，"过来，先生"，"便士，爹爹"。一群黑皮肤的年轻人在罗德西亚号船侧疯狂地游来游去，喊着英语扎进水里打捞乘客们从左舷甲板抛下的硬币。两三艘带桨的小船正在不远处随波摇摆。这伙嗷嗷待哺的潜水者钻出水面，耗尽了肺中的空气，双眼充血，下巴上挂着黏腻的口水。他们中唯一的女性是个十五岁的黑姑娘，身材纤细，平胸，喊得最起劲，扎进水里时露出小小的屁股，钻出海面时宛若一把长矛，她穿着一件老旧的绿色泳衣，用尽全身力气喊道：

"瞧瞧我，帅哥！钱往这儿扔，先生！求求您！"

她盼望着钱币落下，浅色的大眼睛里闪着痴迷的光，似乎她并非在讨生计，而是参与了一种兴奋、快活的游戏：

"给我，先生，噢噢噢噢，帅哥噢噢噢噢……"

罗德西亚号停靠的地方背风向阳，中午时天色阴沉但很暖和。快艇正一班接一班地运送想在布里奇敦[1]上岸的乘客。远处巴巴多斯的海岸上，红木建筑和长势旺盛的牧草与无色沙滩之上白茫茫的海水形成了鲜明的对比。

"我们明天就到巴巴多斯了。"前夜，两人回到寝舱开始更衣时，哈里对伊莎贝尔说，"那是抵达迈阿密前的最后一站。我们会从迈阿密飞往纽约，接着坐火车去费城。我想要文明、宽容地对待你。我知道你很兴奋。那个低贱的魔鬼爱上了你，但你并不情愿，这点我不怀疑。对你来说，这次体验不同寻常，以后也不会再发生了，再也不会。到了我家之后，你会过上另一种生活，而且我认为那才是你从小经历的，你所受的教育也为的是那样的生活。所以，你去把这件事了结一下，伊莎贝尔。到了布里奇敦，你自己下船。你可以去和那位奇特的情郎喝上一杯或者散散步。我想给你这次信任的考验。对，我说真的。我想让你在大白天里冷静地看看那个男人，这样你就会明白，他不过是个用人。再说明白点，我要求你这么做。我希望你能戳破自己的幻想，

---

1 巴巴多斯的首都。

然后我们就回归平静的生活。"

事实上，当伊莎贝尔走下舷梯、登上小艇、穿过一湾海水来到码头，心里只想着给阿德莱达姑妈和玛丽卢各寄一张明信片，把她的奇妙经历告诉她们：婚礼、爱情、又一个新面孔、被两个男人追求的她。她一次次想象如何写这几张卡片，她们见信会多么惊讶、羡慕、失落呀。那位风烛残年的老姑妈会发现侄女恢复了青春而自己已对她失去威信，而那位被无聊生活束缚的用人会知道她正在肆意随心地恋爱。她们会有什么反应？伊莎贝尔微笑着一遍遍地设想，心脏止不住地剧烈跳动。

"每次到这儿的时候，杰克都会去阿克拉海滩。"洛夫乔伊挤眉弄眼地告诉她，手里攥着一张五英镑的钞票，"那儿的海水像是纯杜松子酒，太太，杰克穿着小裤衩一露面，就会让所有姑娘发疯。"

伊莎贝尔把钱递给洛夫乔伊的时候有意避免碰到他的手，她想那只手一定是湿漉漉、黏糊糊、冷冰冰的。"皮条客"这个词，从前对她而言只是一句不着边际、空洞无物的辱骂，如今却实实在在地出现了，在嘴里搔得她难受。

这会儿，码头上一支支破铜烂铁组成的乐队正无精打采地演奏着当地的民歌。穿白长裤、黄衬衫的黑人们熟练地击打着空桶、金属桶盖和上面用白漆涂画并编号的区域："闭上你的嘴""走开""妈妈""瞧那个怪物……"[1]

　　她走出码头，打了一辆出租车，让司机开去阿克拉海滩。汽车沿海岸行驶，渐渐远离市中心。路上，她看到身着盛装的黑人家庭做完弥撒离开教堂，缠着怪异的头巾的掮客纠缠男性游客、做着亵渎主日的买卖，涂着油彩的年轻人出入港口的小酒馆。出租车飞快地驶离涂成红色，屋顶高耸，带有风向标、仿圆屋顶和长长的铁阳台的可怖的维多利亚式建筑，而后在一座粉色的酒店前停下。伊莎贝尔穿过大厅，走上海滩。高跟鞋和被风吹起的裙子让她步履艰难。她脱掉鞋子，感觉厚厚的沙子炙烤着脚底。她用另一只手把裙褶掖在两膝之间，微微弯着腰，向海边走去。后来，她又抛下鞋子，松开裙褶，翻找包里的备用眼镜，迎着阳光眯起眼睛，在一群或仰面休息，或紧贴同伴、俯身趴着，或玩球、潜泳的人群中寻找杰克。加勒比的烈日像一颗遥远的、弥散在炽热海雾之中的柠檬。伊莎贝尔用手挡着阳光，反复检视这片沙滩。最后，她决定坐到阳伞下等待，打起瞌睡来，在梦中感受到过度兴奋之后的疲惫。在半梦半醒中，伊莎贝尔仍然关注着海滩上的声响，似乎能闭着眼

1　英文歌词来自哈里·贝拉方特（Harry Belafonte，1927—　）1957 年的歌曲《妈妈瞧那个怪物》（"*Mama Look at Bubu*"）。

睛识别出杰克的嗓音、步伐或是汗味。她醒来时有了几分饿意，一看手表已是下午三点。她站起身，拾起鞋子和手提包，抖掉裙子上的沙子，走向酒店。她认出了好几位罗德西亚号的乘客，有的刚从海里出来，有的正走去冲澡，还有的在帆布椅上坐着。查利和汤米也在海边，穿着凉鞋踩水玩儿，还唱着一首黄色歌曲。她想，杰克也许在吧台。

伊莎贝尔独自在一个隔间坐下，她被太阳晒得有点发懵。酒吧里没什么人，小凳上坐着的几个明显是岛上的官员，还有两三伙人坐在其他隔间里。她安然地坐着，点了一杯雪利酒，既没有躲避眼神交流，也没有手心出汗或是吞吞吐吐。在她身后，隔着一面高挺、精致的雪松板，伊莎贝尔听到了詹金斯女士尖厉的嗓音，她正在和一伙乘客说话：

"……像个英国人似的。没人比我更能喝了。再来一杯'汤姆可冷士'[1]我就要打破奥运记录了。好家伙，旅行结束后又得回费利蒙高中干三年……"

服务生把雪利酒端到伊莎贝尔面前。墨西哥姑娘笑了笑，想起身去和詹金斯女士打个招呼。或许她知道杰克在哪儿。不过她决定先喝上一口。

---

1 由杜松子酒、柠檬汁、糖和苏打水调配的鸡尾酒。

"……一半的学生都成了少年犯，多妙啊！我在他们这个年纪的时候，可是个放荡的摩登女郎。我打扮成克拉拉·鲍[1]的模样，整夜坐在敞篷车里大呼小叫……"

雪利酒缓缓下肚，胃里感到一阵温热，很舒服。伊莎贝尔微微一笑。在隔壁的隔间，詹金斯女士的声音压过了同伴们的笑声。

"不过，加州最反叛的家伙还是那些英国来的小屁孩，他们酗酒、做牛郎、写小黄书，什么都干，还总是一本正经的样子，就好像女王随时可能驾到，授予他们最高贵的嘉德勋章……哈哈哈。"

伊莎贝尔克制住不笑出声来，她听见詹金斯女士精准地把痰吐进铜盘。

"查利和汤米看上去就不像有什么经济来源，不知道是谁供养他们在酒吧和游轮上享乐。至于那个毫无教养的杰克，他怎么进的头等舱？据说是靠刷马桶攒下来的钱。哈哈，深表怀疑。他昨天和那个打扮得像宫廷大臣一样的伙计，就是那个墨西哥姑娘的丈夫，偷偷摸摸地在特立尼达的小公园里干什么呢？还有，像比特先生那样英俊潇洒的人又怎么会看上那个毫无魅力的墨西哥

---

1 克拉拉·鲍（Clara Bow，1905—1965），美国演员，被视为性感的象征。

老处……？"

伊莎贝尔用双手攥紧杯子，仿佛害怕它会一时冲动，在黑白大理石的地面上摔得粉碎。

她剧烈地哆嗦着走进寝舱，嗓子里憋着一堆话，在心里喊着丈夫的名字，在最不可能的地方找他——浴室里、衣柜里、床底下，似乎认为哈里为了不和她对质而藏了起来。她坐在镜前，两眼放空，接着把手指伸进盛有卸妆膏的小瓶，把膏体涂在眉毛和嘴唇上。之后，她戴上眼镜，松开头发。

她一动不动地在镜前等待。

她站起身，来到过道。

她经过喷洒消毒液、清洗漆布地面的用人，撞上一桶灰色的肥皂水。洛夫乔伊从用人的房间探出身来。

"带我去杰克先生的寝舱……"

"当然，太太，我的荣幸。"

洛夫乔伊欠了欠腰，伸出一只手，长长的手指上挂着一串钥匙。

"请您原谅，尊敬的太太。"这位秃顶、大鼻子、身着灰白条纹短袖衬衫的用人低声说，"我们利用停靠的时间打扫游轮，以免打扰乘客。"

用人们把一桶桶水泼到地上，刷洗地面，并用马桶刷擦厕所。伊莎贝尔跟着洛夫乔伊来到 B 甲板。

　　"您不要对杰克先生有什么不好的想法。他的房间没有您所习惯的那么好，是在船舱内部，没有舷窗。这个可怜人已经很努力地省钱了。"

　　他们穿过一条狭窄、安静的过道，过道尽头有扇小门。

　　他们停在门前，洛夫乔伊在钥匙串中翻找，同时把一根手指放在嘴唇上示意。

　　他微笑着缓缓打开房门。伊莎贝尔停在门外。洛夫乔伊侧身让开，紧接着站到伊莎贝尔身后，从她肩上朝房间里看。寝舱里只开了一盏小夜灯，微弱的灯光似乎更清楚地照出了两条赤裸的轮廓：他们侧躺在床上，紧紧抱在一起，精疲力竭地睡着，两个人都是金发。伊莎贝尔看着这两个面朝彼此安详地酣睡的男人。洛夫乔伊捂住嘴巴，他轻微的笑声没有吵醒这对情人的美梦。他又轻轻地关上了门。

　　曾有人告诉伊莎贝尔，船头是一艘船上最安静的地方。但要想到那儿，必须走下三层甲板，经过船员的房间。或许是气味在引导她。她像刚上船时那样，再次依靠嗅觉感知这艘大船：她远离了消毒液和肥皂水的气味，也离开了花布窗帘、厚地毯、白色油漆和海水泳池的气味，迎着厨房中发酵奶酪和炸肉排的香味，走向几间敞开的房间里散发出的旧衣服味、旧留声机唱头的糊味和湿床单味。伊莎贝尔经过时，年轻的船员们都探身出来，露出涂着剃须膏的脸、汗湿的腋下和带有纹身的手臂。罗德西亚号循着大西洋的气息前进。伊莎贝尔目不斜视地走过一群面色土灰的印度人，他们缠着破旧的头巾，光着脚，穿着边角柔软的阔腿裤，坐在被风吹得直晃的甲板上玩色子、尖声交谈。几张胡子拉碴的脸看向她，几双黑炭般的眼睛朝她眨巴，这群在乘客的甲板上从未出现过的神秘船员大笑着，露出满是烟渍的牙齿。伊莎贝尔爬上通向船头的舷梯，走向大船的最前端，把各种声响和气味抛在身后。她用双手握住锈迹斑斑的铁栏杆。船的呼吸，以及大海对船的轻语，在这里最为深沉。船头以一种深邃、缓慢、安静的节奏起伏。透过船锚孔能看到结实的铁链之间露出的一小块黄昏时分的蓝色海水。她的手还抓着栏杆。她探出头去，看到大海如同一颗不停跳动着的心脏，又像一面无光的镜子，上面映照出斑驳的天色，海水宛若飞快流动、变幻多态的水银，这景致举世无双。她松开栏杆，看到手掌沾上了油腻的铁锈。她跪在地上，抱住自己，膝盖贴着下巴，裸露的嘴唇再次感受到咸咸的海浪，随风飘动的发丝再次感受到海风的轻抚。大西洋在她面前展开双臂，向她发出邀约。比利·希金斯看见她往船头走。这位老领班正趁着落日来晒太阳，他平躺在一把帆布椅上，光着身子，长满白毛的胸前纹有格温多林·布罗菲的名字，嘴里叼着一支在特立尼达买的短雪茄。他看见比特太太经过，奇怪她怎么会来到船员的区域。他注意到她的脚步缓慢而游离，眼神悲伤。他想到杰克，想起他给杰克下的警告，叹了口气，拿起放在肚皮上的马克斯·布兰德[1]的小说。他说服自己别多管闲事，继续安静地看书、抽烟。等他看完一章，向船头望去。收下哈里森·比特的小费并把他安排到二十三号桌就座的不正是他自己吗？他感到不安，把小说扔在一边，站起身来。

"放轻松，哈里。还有三天我们就到迈阿密了。"

"我都演烦了。"

"别这么想。咱们见上一面太难了。你打发她自己去巴巴多斯的主意真不赖。"

"你猜她做什么呢，杰克？在海滩上找你，戴着那副小眼镜，满心幻想……"

"亲爱的，得有点同情心。感谢她给我们带来的好

---

1 原名弗雷德里克·席勒·福斯特（Frederick Schiller Faust，1892—1944），美国作家，笔名有马克斯·布兰德（Max Brand）等。

运，这就够了。"

"八千五百美元，这数字说起来不算什么，但能让我们三四个月无所事事，过上王子般的日子了。咱们到纽约租一套房子，每天晚上都出去嗨，叫上朋友们一起。"

"那是一定的，哈里。我们到迈阿密下船，要不了几个小时就能抵达五光十色的百老汇。然后呢？"

"等我们休整过来再说吧。一切一定得安排妥当。这行当我干了五年了，可不是每次都能撞大运。"

"多亏了你的教养，哈里。凭你受的教育，骗过阿斯特勋爵都不在话下。还有你教我的那些：'侍酒师，一瓶唐培里侬香槟王送给那位太太'，还有其他的花哨事物。我永远都没法报答你，真的，相信我，哈里。你可真帅。"

"多有趣啊。我就怕她看我的护照，发现我在年龄上撒了谎。有一次我吓得胆战心惊，就是在特立尼达下船的时候，她把护照递给我，我以为这出戏到那儿就演砸了。多好笑，这种情况可真吓人。"

"去教堂那次你不害怕？"

"我是基督复临安息日会的，我不和女教友结婚。"

"你喜欢现在这样吗？"

"我只喜欢你，自从去年春天在酒馆里遇到你就一直如此。还记得吗？"

"你牺牲了好几晚，快好好补补。"

"我没想到墨西哥女人那么无趣。不管怎么说，我都开始喜欢那个可怜的姑娘了，就像对老姑妈的那种喜欢。但一想到我们还得把戏再演上三天，哦天！"

"暂时忘了吧。来，哈里，过来。"

"捉呀捉呀捉海蛇，海蛇要从这里过。"

图书在版编目(CIP)数据

盲人之歌/(墨)卡洛斯·富恩特斯
(Carlos Fuentes)著;袁婧译.—上海:上海译文出
版社,2019.11(2021.1重印)
ISBN 978-7-5327-8311-3

Ⅰ.①盲… Ⅱ.①卡…②袁… Ⅲ.①短篇小说—小
说集—墨西哥—现代 Ⅳ.①I731.45

中国版本图书馆 CIP 数据核字(2019)第 247833 号

Carlos Fuentes
CANTAR DE CIEGOS
Copyright:© 1964 by Carlos Fuentes
This edition arranged with BRANDT & HOCHMAN LITERARY
AGENTS,INC.
through Big Apple Agency,Inc.,Labuan,Malaysia.
Simplified Chinese edition copyright:
2019 SHANGHAI TRANSLATION PUBLISHING HOUSE (STPH)
All rights reserved.
图字:09-2018-066 号

盲人之歌

[墨]卡洛斯·富恩特斯 著 袁 婧 译
责任编辑/刘岁月 装帧设计/柴昊洲 插图/蓝斓岚

上海译文出版社有限公司出版、发行
网址:www.yiwen.com.cn
200001 上海福建中路 193 号
杭州宏雅印刷有限公司印刷

开本 787×1092 1/32 印张 7 插页 5 字数 103,000
2019 年 12 月第 1 版 2021 年 1 月第 2 次印刷
印数:8,001—10,000 册

ISBN 978-7-5327-8311-3/I·5095
定价:42.00 元